Em fins de outubro de 2015, os moradores de nove mil residências nos bairros de Santa Cecília e Higienópolis, em São Paulo, passaram a receber em suas casas, sem que houvessem solicitado, uma série de impressos denunciando os supostos trambiques de um certo Valfrido.

Conforme a narrativa criada pela sequência de folhetos avançava, objetos nela mencionados começavam a surgir, aqui e ali, pelas ruas ao redor.

Pouco mais de um mês, dez folhetos, quatro homens-placa, uma coroa de flores e um punhado de cartazes depois, tudo se encerrou. Sem as devidas explicações ou, ao menos, algum final minimamente conclusivo.

29 de outubro

**folheto impresso nº 1**

# Valfrido, seu canalha! Canalha!

Pensa que pode sair pisando nos outros assim? Pensa? Canalha! Deveria trocar seu nome de Valfrido Costa Matos para Valfrido Canalha, de tão canalha que você é! Canalha!

4 de novembro
**folheto impresso nº 2**

# Casar com você foi a pior coisa que me aconteceu na vida, Valfrido!

A pior! Traições. Bebedeiras. Pancadaria. Quantas surras tomei? Duzentas? Trezentas? Mais! Bem mais do que trezentas! Dia sim, dia não, você se exercitava no seu saco de pancadas favorito aqui! Ainda bem que acabou. Saí com uma mão na frente e outra atrás. Mas saí. E saí inteira, Valfrido! Inteira!

Engraçado como às vezes tenho a impressão de que deveria lhe agradecer por isso. "Obrigada, Valfrido. Mesmo me batendo, traindo e humilhando, você me deixou sair viva do nosso casamento." No entanto, mal respirei aliviada e você reaparece, aprontando de novo. Não desiste? Vai me infernizar até quando? Por que não me deixa em paz, Valfrido? Por quê?

9 de novembro

**folheto impresso nº 3**

Mala Direta
Domiciliária
153.019.478-42-DR/SPM
Claudio Camara
Correios
Distribuição Lei 6.538/78, Art. 40, § 1º

# MIL E QUINHENTOS REAIS, VALFRIDO?

Mil e quinhentos reais? Por quatro anos de trabalho? Metade do negócio era meu, traíra! Só não botamos no papel porque você me garantiu não ser necessário. “Parceria, Dime.” Parceria? Então, pague minha parte dessa parceria. O valor devido, não mil e quinhentos reais. A gente era sócio! Sócio! Lembra como começamos? “Fique tranquilo, Dime. Eu entro com o investimento inicial, você com a mão de obra. É cinquenta por cento de cada um, amigo. Cinquenta por cento de cada um.” Eu, tonto, acreditei. Para largar daquele emprego insuportável na oficina, acreditaria em qualquer coisa. “Dime, vamos montar um império! Valdime Transportes! Transportaremos esta cidade inteira pra lá e pra cá.” Império, Valfrido? Quatro anos fazendo carreto naquela Kombi Pick-Up caindo aos pedaços? Eu devia ter desconfiado quando você escolheu Valdime Transportes como nome. Porque, se fosse pelo correto, pela ordem alfabética, seria Dimeval Transportes. Mas já tinha safadeza. Lá atrás, na escolha do nome da empresa, já tinha safadeza. E quando pedi ajuda para incrementarmos a divulgação, mês passado? O que você fez? Aquele cartaz sem-vergonha. “Valdime Transportes. Fazemos carreto. Segurança e honestidade.” Na maior cara de pau, me entregou o pacote, mandando que eu colasse pelas redondezas. E, não bastasse o horrível desenho da Kombi-foguete, o cartaz era inútil. Inútil! Não tinha telefone para contato! Nem e-mail! Um cartaz de divulgação, Valfrido! Sem telefone nem e-mail! Para você, claro, não importava. Já devia estar negociando a Kombi na surdina. Mesmo assim, me obrigou a colar mais de cem cartazes. E só fui perceber que não havia telefone nem e-mail após gastar um domingo inteiro espalhando aquela porcaria! Império dos transportes? Hoje eu sei: você nunca quis construir império nenhum, Valfrido! Seu negócio era só receber uma grana sem meter a mão na massa. Agora me entrega míseros mil e quinhentos reais, dizendo que vendeu a Kombi por três mil. Três mil reais? Uma oito-oito não sai por menos de sete, Valfrido! Sete, oito! Como fui burro de não assinarmos nada. "Confie, Dime. Confie." Eu, trouxa, confiei. Segurança e honestidade, não é, Valfrido? Segurança e honestidade. Desgraçado!

10 de novembro

**rua Aracaju, rua Baronesa de Itu, rua General Jardim, rua Marquês de Itu, alameda Barros, rua Jaguaribe, rua Albuquerque Lins, avenida Higienópolis e rua Major Sertório**

VALDIME TRANSPORTES
FAZEMOS CARRETO
SEGURANÇA E HONESTIDADE

VALDIME
TRANSPORTES
FAZEMOS CARRETO
SEGURANÇA E HONESTIDADE
FAZEMOS CARRETO
SEGURANÇA E HONESTIDADE

TAXI
ARACAJU
tel: 3667-0185
3667-0185

RUA

EPV-1951

RUA

13 de novembro

**folheto impresso nº 4**

# EU, VALFRIDO,

gostaria de me desculpar com você. Pela intromissão. Sempre busquei me esquivar de atitudes invasivas. E isso é tão, tão invasivo. Imagino, contudo, que compreenda quão delicada é minha situação. Inverdades vêm sendo divulgadas a meu respeito. Por isso, não tive escolha, a não ser redigir e enviar este esclarecimento. Trata-se da honra de um homem. Haverá, por acaso, motivo mais nobre?

O incômodo pela intromissão, no entanto, persiste. Daí o pedido de desculpas. Também me agradaria um pouco de compreensão. Mas talvez seja pedir demais. De qualquer modo, eis a verdade. A irônica e triste verdade: o traído dessa história fui eu. Minha ex-esposa Lucielle e meu ex-sócio Ademir são amantes. Há anos. Eu nada sabia. E na escuridão seguiria imerso caso ambos não optassem, mês passado, por assumir a relação. Ela me abandonou e foi morar com ele. Por alguns dias, aguardei. Não é raro a reversão de impulsos após curto intervalo. O de Luci, contudo, persistiu. Ela não voltou. E, uma vez consumada a troca, como poderia eu, em frangalhos, continuar a sustentá-los financeiramente? Alimentar aqueles que me devoram? Fica patente não se tratar de maldade. Ou de egoísmo. Nem mesmo de vingança. Mera autopreservação. Instinto básico expelido deste primata. Sempre fomos amigos, desde muito jovens. Dime e eu. Por anos, escutei-o a lamentar as condições precárias de trabalho na oficina do Vanderlei Japonês. Eu sofria. Por ele. Com ele. Quando, fruto de alguns lances de sorte, me vi em posse de boa soma de dinheiro, não titubeei. Chegara a hora de estender a mão ao querido amigo. A hora de erguermos, juntos, um pequeno negócio. Modesto. Um carreto. A mim caberia o aporte de recursos. A Dime a lida diária. O lucro, fraternalmente dividido. Sugeri passarmos longe de formalidades, pois não há empreitada que resista à carga tributária deste país. Dime é o Ademir. Dime é seu apelido. Ainda hoje não entendo o porquê. Pois deveria ser Demi. Ademir, Demi. Ademir, Dime? Está errado. Ela o chama de Jimmy. A Lucielle. Foneticamente, soa quase igual.

Jimmy e Dime. Dji-mi. Há uma diferença sutil, bastante sutil, no quanto se puxa o Dji. Se a puxada é seca, Dime. Se esponjosa, Jimmy. Como estamos num texto escrito, talvez fique difícil perceber o quanto se assemelham. Dime e Jimmy. Ela o chamava de Jimmy, eu de Dime. Como não atentei para a carga simbólica dessa distinção? Absolvo-me, contudo, de veredicto tão severo. Afinal, como comentei, foneticamente os dois nomes são um. Dji-mi.

Onde eu estava mesmo? No carreto? No dinheiro? No dinheiro. Sempre no dinheiro. Eles estão fazendo isso por causa de dinheiro. Tudo é feito por causa de dinheiro. À dupla, porém, não basta qualquer dinheiro. Querem espoliar o meu. E todo. Todo o meu dinheiro. Motivo mais do que suficiente para eles abrirem as comportas desse caudaloso mar de difamações. Sou violento? Passo a perna nos outros? Bebo? Eu? Eu? Eu? Ajudei tanto a Luci. Tanto, tanto. Ensinei noções básicas de contabilidade e uma primeira demão de inglês, para que subisse de recepcionista a assistente administrativa. Livrei o Dime do Vanderlei Japonês. Passeávamos juntos, os três. Como retribuição? Um furioso linchamento impresso. Por dinheiro.

Creio, neste ponto, importante frisar que não sou extremamente apegado a dinheiro. Nunca fui muito ambicioso. Nem avaro. Meu dinheiro apenas me alivia das preocupações do dia a dia. Não é pouco. Pois nada temos além do dia. O dia. Alguém já disse isso, limito-me a repetir. O dia. Um. Outro. Depois outro. E só. Todo o resto – semanas, anos, meses – não passa de ficção.

Desviei-me do assunto. Desculpe. Nunca fui avaro. Em vez de dinheiro, sempre busquei ocupar a cabeça com outras coisas. Amenidades. De preferência, amenidades. Para distrair. Um filme, um papo, um joguinho. Eu me lembro, por exemplo, de que antigamente havia um bar nas redondezas. Bariloche, acredito. Você se recorda? Certa vez, eu estava lá quando um homem se aproximou do balcão. Não o conhecia, fato que me chamou a atenção. Afinal, os frequentadores do Bariloche costumavam ser sempre os mesmos. Além disso, ele era rosado. Um homem rosado. Na bochecha. Alguém com a bochecha rosada parece ser todo rosado. Talvez se trate de um efeito óptico. O rosado desconhecido apoiou-se no balcão e pediu uma fatia de pizza. Mussarela. E completou: batida no liquidificador. Inevitavelmente, o bar todo se virou em sua direção. Ele, impassível, repetiu o pedido. Uma fatia de pizza mussarela, batida no liquidificador. E, ainda que ninguém o questionasse verbalmente, explicou à intrigada plateia: havia feito cirurgia de redução do estômago e o órgão já não suportava mais nacos maciços de comida. Portanto, o único modo de não se ver forçado a abandonar seus adorados pedaços de pizza era batê-los no liquidificador. Aparentemente, nos demos por satisfeitos com a resposta. A pizza foi servida naquele copo grande de suco. De frapê. Contemplamos o rosado espremer um sachê de ketchup, mexer com o canudinho e entornar a mistura em três ou quatro grossos goles. Pagou, saiu do Bariloche, nunca mais o vi.

Essa história ilustra bem o que busco, compreende? Distrai a gente, preenche nossa cabeça por um tempo. Mas, no fim, não importa. Você se lembra desse bar? O Bariloche? Ou será que estou me confundindo? Já não consigo me recordar de certos nomes. Vivo o dia a dia, tentando entreter a cabeça com histórias pitorescas como a do liquidificador. Entupi-la de amenidades. Entretê-la. Porque ocupar, ocupar mesmo a cabeça, há tempos que não o faço. Afinal, é ridículo. Quando abarrotamos demais a cabeça, quando fazemos planos, enchemos o peito para expelir verdades, nos retorcemos para exprimir emoção. Eu não. Trago a alma fatigada. E tenho aversão ao ridículo. Fiz da vida um esforço diário para escapar do ridículo. Sim, às vezes sinto saudades de encher o peito, me retorcer, cuspir, suar. De tanta ênfase. Sinto saudades. Porém, simultaneamente, considero ridículo. Pesei ambos e optei pela fuga do ridículo. Entretenho meu dia. O de hoje já se encerra. Novamente, desculpe-me tamanha intromissão. Obrigado por seu tempo, pela afável acolhida. Ajude-me a preservar minha honra. A recolher meus destroços.

14 de novembro

**esquina da avenida Angélica com a avenida Higienópolis**

VALFRIDO

Higienópolis
Av. Higienópolis
50
VALFRIDO

FECHE
O CRUZAMENTO
A-047
Higienópolis
VALFRIDO

VALFRI

CUIDADO!
CERCA ELÉTRICA

Higienópolis
Av Higienópolis
2 375 a 471
VALFRIDO

FRIDO

16 de novembro

**folheto impresso nº 5**

# Honra? Honra, Valfrido?

Jura que vai tentar dar uma de coitadinho? Jura? Continuar engrupindo os outros com essa pose de lorde? Lorde de onde, Valfrido? Da Amaral Gurgel? Ah, mas não vai. Não vai mesmo! Porque eu não vou deixar! Vou falar tudo! Tudo, para ninguém mais ser enganado por essa fala mansa! E não só do golpe que você está aplicando no Jimmy, não. Não! Vou contar aquilo que você fez com o Seu Antonio! O fim que deu no velho. Eu não me esqueci! E, amanhã, o bairro inteiro vai saber! Lá naquele poste, Valfrido. Naquela árvore onde você deu o golpe de misericórdia no coitado! Na esquina da Jaguaribe com a Aureliano! Revelarei a história toda, completa, afixada bem na árvore onde você acabou com o velho. Já coloquei tudinho no papel. Aproveitarei para deixar umas flores, em homenagem à memória do seu Antonio. Amanhã, Valfrido! Amanhã todo mundo vai saber como você é cruel e manipulador! Aí quero ver se terá coragem de falar em honra. Quero ver!

18 de novembro

**esquina da rua Jaguaribe com a rua Aureliano Coutinho**

AQUI, NESTA
ESQUINA,
O CANALHA
VALFRIDO
COSTA MATOS
COVARDEMENTE

AQUI, NESTA
ESQUINA,
O CANALHA
VALFRIDO
COSTA MATOS
COVARDEMENTE
TONIO

SEU ANTONIO

19 de novembro
**folheto impresso nº 6**

# O QUE VOCÊ FEZ COM A LUCIELLE, VALFRIDO?

O que você fez com ela, desgraçado? Ela passou o sábado escrevendo, trancada no quarto. Lá pelas sete da noite, saiu dizendo que iria deixar o calhamaço numa árvore na Jaguaribe e nunca mais apareceu. O que você fez? Fala, desgraçado! Confessa!

24 de novembro
**folheto impresso nº 7**

# CONFESSA!

O que você fez com ela, desgraçado? Depois de duas semanas, a Lucielle apareceu, Valfrido. Mas completamente perturbada! A pobrezinha não fala coisa com coisa! O que você fez com ela? Nunca a vi desse jeito. Ou ela ficou louca ou... está fingindo. A Luci está fingindo? É tudo fingimento e vocês dois estão me enganando? Vocês dois estão me enganando? É um golpe? Porque, se for, nenhum dos dois sai vivo dessa, Valfrido! Posso morrer na cadeia, mas mato os dois! Diga a verdade: é golpe? É? Vocês simularam essa história de sumiço para me enganar? Para eu me esquecer do seu trambique com a Kombi? É golpe ou não é? Você sabe que eu não levo desaforo pra casa! Estou avisando! Vou arrancar a verdade da Lucielle, Valfrido! Por bem ou por mal!

26 de novembro

**folheto impresso nº 8**

**Eu os vejo. Vagando pelas ruas. Eu os vejo e eles são como você, Valfrido.** Você pode enrolar os outros. Mas eu te conheço. Conheço como você é de verdade. Sua cabeça entortada para baixo. Seus quatro braços. Eles são iguais a você. E estão pelas ruas, sob seu comando. Eles devoraram o seu Antonio. Agora estão atrás de mim e do Jimmy! Alguém me ajude, pelo amor de Deus! Eles estão soltos pelas ruas! Por que só eu os vejo andando por aí? Por que só eu?

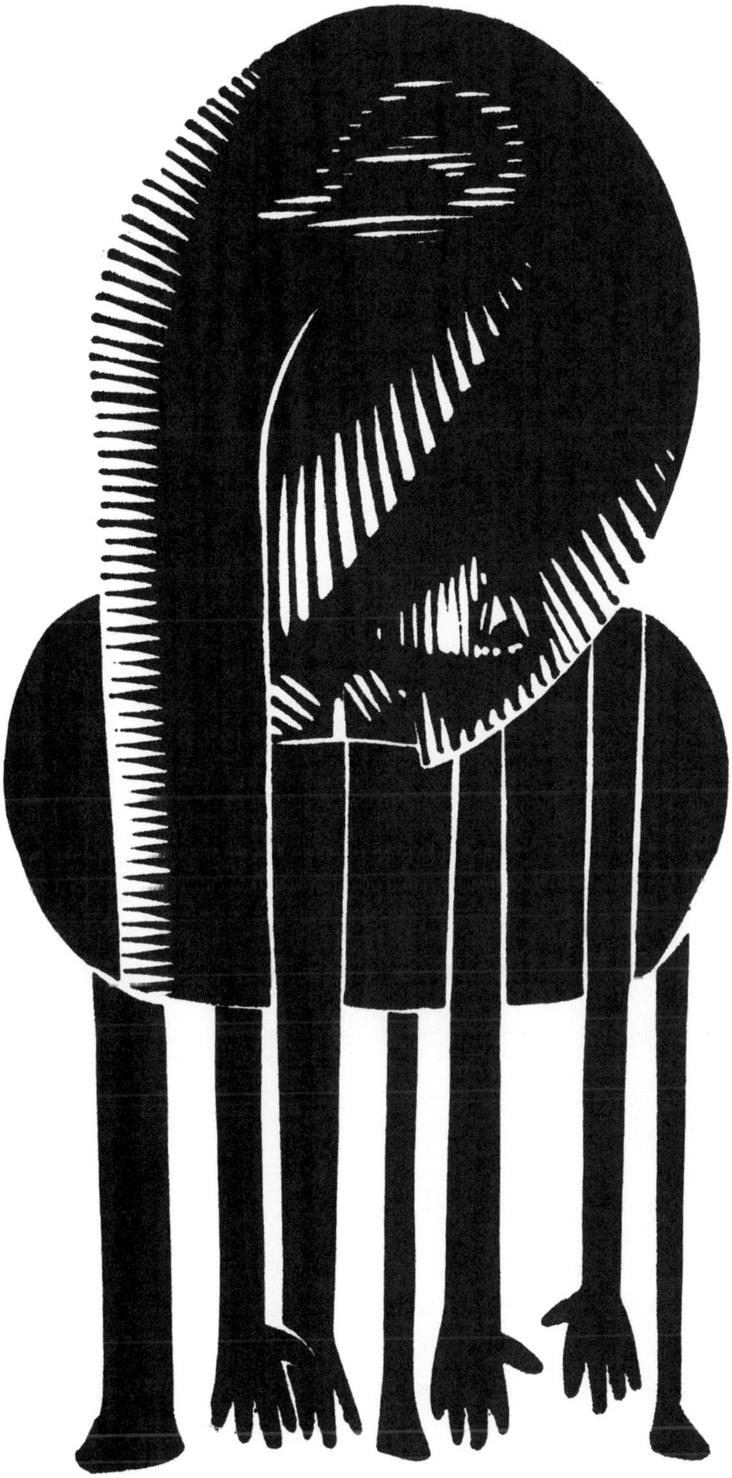

27 de novembro

**esquina da rua General Jardim com a rua Dr. Vila Nova; esquina da avenida Angélica com a rua Maranhão; rua Sabará e esquina da rua Jaguaribe com a rua Aureliano Coutinho**

EDIFICIO HIGIENOPOLIS
76

PALMEIRAS
HISTÓRIA
CÉREBRO

vivo

Fortunato
CARRETOS
CAPITAL

E

1º de dezembro
**folheto impresso nº 9**

Prezados vizinhos, bom dia. Meu nome é Elvira, moro aqui no bairro há mais de trinta e cinco anos. Envio este alerta para evitar que algum de vocês passe pelo que passei recentemente. Pessoal, tomem muito cuidado. Um grupo anda aplicando um golpe nas redondezas. Sei disso porque, infelizmente, fui uma das vítimas da vil trupe. Quinta passada, voltava para casa quando um casal se aproximou de mim. O rapaz, bonitão, auxiliava sua cambaleante companheira. De início, pensei que a moça estivesse bêbada. Ultimamente, vagam tantos cachaceiros por aqui, a gente nem estranha mais... Ele me dirigiu a palavra, muito educado, perguntando se eu tinha um minuto. Desde que me aposentei, tenho minutos de sobra. (E não gosto de mentir para os outros.) Passou, então, a relatar a história de como os dois haviam sido ludibriados por um pilantra chamado Valfrido. Mesmo não localizando a origem, o nome me soava familiar. Por isso, ouvi-o atenta, assentindo em silêncio. À medida que ele avançava na narrativa, a coitada da garota passou a murmurar palavras entrecortadas e sem sentido: "Eles pelas ruas estão devoraram seu aqui Antonio quatro braços". Tadinha. O moço, de nome Ademir, explicou que ela não era assim, mas havia sofrido um trauma. Logo, porém, tudo voltaria ao normal, garantiu, enquanto levava o olhar ao céu. O problema é que ela, Lucielle, possuía um pé-de-meia aplicado, mas precisava de uma conta para intermediar a liberação, pois seu ex-marido (o tal Valfrido) ainda era cotitular da conta conjunta, por não estarem judicialmente separados. Do outro lado, ele, Ademir, não podia usar sua própria conta, já que isso implicaria emitir recibo dos mil e quinhentos recebidos como ressarcimento pela venda sem nota fiscal de uma Kombi Pick-Up. Precisavam, portanto, que alguém cedesse seus dados para efetuarem a transação. Confesso não ter entendido muito bem se a história era exatamente essa, pois ele falava rápido demais, muito agitado e arfante. Educadíssimo, mas rápido demais. Por isso, repito-a sem muita certeza. No entanto, em linhas gerais, era mais ou menos isso. De início, desconfiei. (Hoje, não há como não desconfiar quando desconhecidos nos abordam na rua, inclusive os bem-apessoados.) Porém, quando eu já me preparava para

seguir andando, surgiu um terceiro homem, enfurecido, ameaçando bater nos dois. O grito histérico da moça não deixou dúvidas sobre a identidade do maltrapilho: Valfrido. Ela chorava descontrolada. Ademir ajoelhou--se, suplicando por clemência. Mas Valfrido urrava: iria acabar com a dupla. Isso tudo aconteceu bem aqui, na esquina da Barros. Quarta passada, cinco e pouquinho da tarde. O bonitão implorava para que Valfrido os deixasse em paz. Eles se amavam e só queriam ser felizes. Apesar de ter me afastado, assustada, ainda consegui acompanhar a cena. Após mais uns cinco ou dez minutos de pura baixaria, Valfrido os deixou, prometendo voltar e "dar cabo dos pombinhos". (Falou assim mesmo: "dar cabo dos pombinhos".) Em lágrimas, Ademir e Lucielle se abraçaram ajoelhados no meio-fio. Fiquei com dó do casal. Reaproximei-me e perguntei por que não iam embora. Mais uma vez, Ademir passou a contar sobre a falta de dinheiro, a necessidade da transferência bancária e toda aquela confusão. Dessa vez, contudo, enternecida, dispus--me a ajudá-los e passei os dados da minha conta, para que pudessem resolver a questão e viver felizes, longe daqui. Anotei número e senha num papelzinho, que entreguei a Ademir, insistindo para que não se esquecesse de destruí-lo, uma vez concluída a transação. Se eu não estivesse tão abalada pela cena, teria agido com mais cautela, não há dúvida. Mas, pobre de mim, fui impulsiva.

E, infelizmente, era golpe. Dois dias depois, vi os três juntos, rindo no boteco aqui de baixo. Aquele amarelo, com a mesa de sinuca. Os três. Ademir, Lucielle e Valfrido. Desesperada, corri para o banco, tirei o extrato e confirmei meus temores: meu saldo fora zerado. Como não sou de chorar pelos cantos, segui na hora, rumo ao bar, para tirar satisfação. (Mesmo baixinha, sempre fui esquentada.) Não adiantou. Os pilantras fingiram que nunca haviam me visto na vida e continuaram a papear e beber. Fui expulsa do bar após arremessar um guardanapeiro nos marginais. Pensei em ir à polícia, mas logo constatei que seria inútil, pois havia fornecido meus dados bancários de livre e espontânea vontade. Tentei até falar com o general. O que mora por aqui. Não me atendeu. (Quando a garotada toca música alto, ele se ouriça todo; quando uma turma de escroques aterroriza o bairro, nem se mexe.) Espero que ninguém passe pelo que passei. Vejam, não é só pelo dinheiro. (Eu nem possuía tanto.) É pela sensação de ter sido enganada. Tomem cuidado. Sou Elvira, moro aqui no bairro há mais de trinta e cinco anos. (Podem perguntar para a turma mais antiga. Todo mundo me conhece.)

4 de dezembro

**folheto impresso nº 10**

# EU, VALFRIDO,

sempre considerei nossa capacidade de discernimento um instrumento desregulado. Acidentalmente assimétrico. Por que acreditamos em algumas coisas e não noutras? Deus. O diabo. O céu. O inferno. A dona Elvira. Você acredita nela? A velhinha do bairro, esfolada por três pilantras. Existe? Ou não? E o Dji-mi? Existe? Grafa-se Dime? Ou Jimmy? Quem roubou quem? Eu do Dime? O Dime de mim? A Lucielle de nós dois? Ela está louca?

Tudo fingimento? Quem está com ela? Eu? O Dime? O Vanderlei Japonês? O rosado da pizza de liquidificador? Ou o seu Antonio? Que fim levou o velho? Para onde nos levarão tantas placas? Para onde? Qual é a verdade? A verdade! À verdade!

Entretenimento. Amenidades que ocupam a cabeça. Ocupam, mas, no fim, não importam. Existindo ou não. Quanta, quanta bobagem. Para terminar onde? Onde tudo sempre termina: em dinheiro. É assim que acontece. Caminhamos, caminhamos, caminhamos entretidos até que, uma hora ou outra, alguém revela o produto, o preço, as condições de pagamento. Exibe o estilo de vida, a atitude, a postura. Compre agora! E fim. Fim. Qual é a verdade? Uma hora ou outra, tudo termina em dinheiro.

Há também o esquecimento. Mas este não é uma opção. Ninguém escolhe o esquecimento. Se ele surge, foi por falta de interessados em comprar ou vender. Pois tudo sempre termina em dinheiro. Estou monocórdico, repetindo a mesma frase sem parar, desculpe. Sou prolixo, confesso. Mas o fato é que chegamos ao fim. Encerramos. Acabou. Não foi escolha minha. Apenas me esforço para relatar as coisas. E tentar salvar minha honra. Também já falei disso. Estou meio zonzo hoje, não sei o que me aconteceu. Desculpe. Deus, o diabo e a dona Elvira. Não existem. Nem eles, nem ninguém. Ninguém. Apenas eu. Eu existo. Existo. Foi o que me confirmou o angustiante sonho de terça passada. Ou foi quarta? Terça ou quarta. Nele, tudo era eu. Eu fazia uma refeição e a cadeira sobre a qual me sentava era uma versão minha. Um eu-cadeira. O garfo, pequeno e metálico, era eu. O bife, eu. Portanto, eu, sentado sobre mim, usava-me para me espetar. E levava-me à minha boca para desaparecer, digerido por mim mesmo. A meu lado, numa longa mesa, dezenas de pessoas. Todas eu. Sentadas em mim. Empunhando-me, perfurando-me, deglutindo-me. Eu era a única janela do recinto. De lá – de mim – podia avistar-me lá fora. Não me recordo como o sonho terminou. Mas despertei com a certeza de que, sim, eu existo. E não quero lhe vender nada, fique tranquilo. Nem comprar. Quero só ficar quieto, sabe? Quieto. Pois tudo é muito triste. Tudo é muito, muito triste. A Lucielle me tachava de melancólico. Melhor dizendo: me tacharia, caso existisse. No entanto, só eu existo. Em mim. Em tudo.

# EU, VALFRIDO.

?

VAL
FRI
DO?

Grafia conforme as regras do Novo Acordo Ortográfico da Língua Portuguesa (Decreto Legislativo nº 54, de 1995).

Lote 42

Edição geral: **João Varella, Cecilia Arbolave e Thiago Blumenthal**
Capa e projeto gráfico: **Gustavo Piqueira | Casa Rex**
Revisão: **Trisco Comunicação**

1ª edição, 2016

**Dados Internacionais de Catalogação na Publicação (CIP)**

Vagner Rodolfo CRB-8/9410

P666v Piqueira, Gustavo, 1972-

Valfrido? / Gustavo Piqueira. - São Paulo : Lote 42, 2016. 196 p. : il. ; 19,5cm x 25cm.

ISBN: 978-85-66740-20-2

1. Literatura brasileira. 2. Artes visuais. 3. Arte impressa. 5. Design I. Título.

2016-143 CDD 869.8992
CDU 821.134.3(81)

**Índice para catálogo sistemático**
1. Literatura brasileira 869.8992
2. Literatura brasileira 821.134.3(81)

GUSTAVO PIQUEIRA

# VAL FRI DO?

Lote 42

Em 2011 fiz um conjunto de copos com retratos de Jesus, Stalin, Rambo, Gandhi, Fidel e Khomeini. A fim de não nos desviarmos do assunto central deste texto, evitarei entrar nos detalhes do projeto. O importante aqui é que a pequena caixa de micro-ondulado cuja imagem você encontra na página seguinte trazia uma narrativa bem mais compreensível do que os dez folhetos e demais tralhas que concebi para contar a história do Valfrido. (Já sobre o fato de copos serem um suporte narrativo adequado conversaremos mais tarde.)

Lógico que ela não proporcionava nenhuma experiência de entretenimento inesquecível, nem conteúdo de assimilação imediata. Longe disso. Tratava-se, contudo, de enredo bem menos nebuloso do que o oferecido pela Kombi interplanetária da Valdime Transportes.

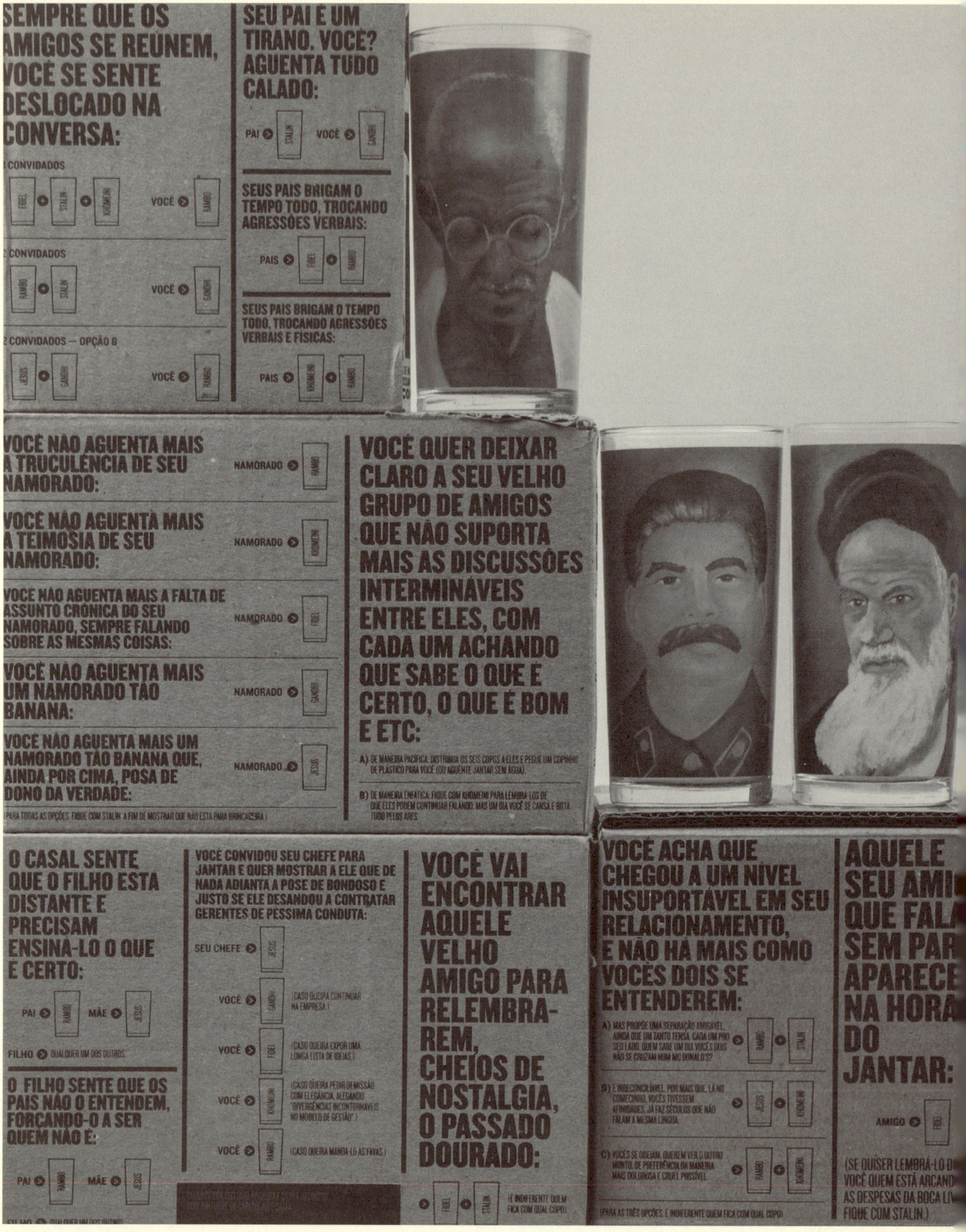
SEMPRE QUE OS AMIGOS SE REÚNEM, VOCÊ SE SENTE DESLOCADO NA CONVERSA:
CONVIDADOS
FIDEL STALIN KHOMEINI VOCÊ RAMBO
CONVIDADOS
RAMBO STALIN VOCÊ GANDHI
CONVIDADOS — OPÇÃO B
JESUS GANDHI VOCÊ RAMBO
SEU PAI É UM TIRANO. VOCÊ? AGUENTA TUDO CALADO:
PAI STALIN VOCÊ GANDHI
SEUS PAIS BRIGAM O TEMPO TODO, TROCANDO AGRESSÕES VERBAIS:
PAIS FIDEL RAMBO
SEUS PAIS BRIGAM O TEMPO TODO, TROCANDO AGRESSÕES VERBAIS E FÍSICAS:
PAIS KHOMEINI RAMBO
VOCÊ NÃO AGUENTA MAIS A TRUCULÊNCIA DE SEU NAMORADO:
NAMORADO RAMBO
VOCÊ NÃO AGUENTA MAIS A TEIMOSIA DE SEU NAMORADO:
NAMORADO KHOMEINI
VOCÊ NÃO AGUENTA MAIS A FALTA DE ASSUNTO CRÔNICA DO SEU NAMORADO, SEMPRE FALANDO SOBRE AS MESMAS COISAS:
NAMORADO FIDEL
VOCÊ NÃO AGUENTA MAIS UM NAMORADO TÃO BANANA:
NAMORADO GANDHI
VOCÊ NÃO AGUENTA MAIS UM NAMORADO TÃO BANANA QUE, AINDA POR CIMA, POSA DE DONO DA VERDADE:
NAMORADO JESUS
(PARA TODAS AS OPÇÕES, FIQUE COM STALIN, A FIM DE MOSTRAR QUE NÃO ESTÁ PARA BRINCADEIRA.)
VOCÊ QUER DEIXAR CLARO A SEU VELHO GRUPO DE AMIGOS QUE NÃO SUPORTA MAIS AS DISCUSSÕES INTERMINÁVEIS ENTRE ELES, COM CADA UM ACHANDO QUE SABE O QUE É CERTO, O QUE É BOM E ETC:
A) DE MANEIRA PACÍFICA: DISTRIBUA OS SEIS COPOS A ELES E PEGUE UM COPINHO DE PLÁSTICO PARA VOCÊ (OU AGUENTE JANTAR SEM ÁGUA).
B) DE MANEIRA ENFÁTICA: FIQUE COM KHOMEINI PARA LEMBRÁ-LOS DE QUE ELES PODEM CONTINUAR FALANDO, MAS UM DIA VOCÊ SE CANSA E BOTA TUDO PELOS ARES.
O CASAL SENTE QUE O FILHO ESTÁ DISTANTE E PRECISAM ENSINÁ-LO O QUE É CERTO:
PAI RAMBO MÃE JESUS
FILHO QUALQUER UM DOS OUTROS
O FILHO SENTE QUE OS PAIS NÃO O ENTENDEM, FORÇANDO-O A SER QUEM NÃO É:
PAI RAMBO MÃE JESUS
VOCÊ CONVIDOU SEU CHEFE PARA JANTAR E QUER MOSTRAR A ELE QUE DE NADA ADIANTA A POSE DE BONDOSO E JUSTO SE ELE DESANDOU A CONTRATAR GERENTES DE PÉSSIMA CONDUTA:
SEU CHEFE JESUS
VOCÊ GANDHI (CASO QUEIRA CONTINUAR NA EMPRESA.)
VOCÊ FIDEL (CASO QUEIRA EXPOR UMA LONGA LISTA DE IDEIAS.)
VOCÊ KHOMEINI (CASO QUEIRA PEDIR DEMISSÃO COM ELEGÂNCIA, ALEGANDO "DIVERGÊNCIAS INCONTORNÁVEIS NO MODELO DE GESTÃO".)
VOCÊ RAMBO (CASO QUEIRA MANDÁ-LO ÀS FAVAS.)
VOCÊ VAI ENCONTRAR AQUELE VELHO AMIGO PARA RELEMBRAREM, CHEIOS DE NOSTALGIA, O PASSADO DOURADO:
FIDEL STALIN (É INDIFERENTE QUEM FICA COM QUAL COPO.)
VOCÊ ACHA QUE CHEGOU A UM NÍVEL INSUPORTÁVEL EM SEU RELACIONAMENTO, E NÃO HÁ MAIS COMO VOCÊS DOIS SE ENTENDEREM:
A) MAS PROPÕE UMA SEPARAÇÃO AMIGÁVEL, AINDA QUE UM TANTO TENSA. CADA UM PRO SEU LADO. QUEM SABE UM DIA VOCÊS DOIS NÃO SE CRUZAM NUM MC DONALD'S?
RAMBO STALIN
B) É IRRECONCILIÁVEL. POR MAIS QUE, LÁ NO COMECINHO, VOCÊS TIVESSEM AFINIDADES, JÁ FAZ SÉCULOS QUE NÃO FALAM A MESMA LÍNGUA.
JESUS KHOMEINI
C) VOCÊS SE ODEIAM. QUEREM VER O OUTRO MORTO, DE PREFERÊNCIA DA MANEIRA MAIS DOLOROSA E CRUEL POSSÍVEL.
RAMBO KHOMEINI
(PARA AS TRÊS OPÇÕES, É INDIFERENTE QUEM FICA COM QUAL COPO.)
AQUELE SEU AMI QUE FALA SEM PAR APARECE NA HORA DO JANTAR:
AMIGO FIDEL
(SE QUISER LEMBRÁ-LO D VOCÊ QUEM ESTÁ ARCAND AS DESPESAS DA BOCA LI FIQUE COM STALIN.)

Produzi uma pequena tiragem do conjunto — cinquenta peças — e coloquei vinte delas à venda em duas ou três lojas. Não com o intuito de recuperar o dinheiro gasto, muito menos o de lucrar algum. Mesmo porque o preço de venda não cobria os custos de produção. Vendê-las apenas atendia à fantasia de levar meus copos ao encontro de desconhecidos que porventura os achariam interessantes (e prontamente sairiam por aí louvando, deslumbrados, um projeto tão incrível, um autor tão incrível etc. e etc.). Logo que a caixa ficou pronta, uma amiga de Fernanda — a quem preservarei sob o pseudônimo de V. Poderosa, pois não quero carregar a culpa pela destruição da longa amizade entre ambas — examinou o objeto detidamente. Por fim, com a boca azeda respingando desinteresse, perguntou-me o porquê de tudo aquilo. Julguei a pergunta um tanto vaga. Afinal, todo autor considera que sua própria obra é extremamente complexa e encapsula boa parte do Universo. Logo, era necessário que V. Poderosa delimitasse melhor a qual parte do "tudo aquilo" ela se referia para que eu, então, pudesse discorrer com a devida profundidade sobre o tema. Sua boca entortou um pouco mais, e ela perguntou novamente. Qual a razão de tudo *aquilo*? Eu pensava em vender *aquilo*? (itálicos de V. Poderosa). Respondi que sim, estavam à venda. Porém, com margem negativa. Ou seja, quanto mais unidades fossem vendidas, maior meu prejuízo. Foi quando não apenas a boca, mas tudo em V. Poderosa se retorceu no mais profundo desprezo. Aquele conjunto não possuía utilidade nem qualquer outro conteúdo estimulante. E um copo com a mal pintada efígie de Stalin passava bem longe daquilo que um membro de nossa reluzente elite cultural, tal qual V. Poderosa, etiquetava como "arte". Portanto, sua última esperança para justificar a existência daquela caixinha de papelão era a de que ela gerasse dinheiro. Mas não. Nem isso. Balançando a cabeça inconformada com tamanha estupidez, V. Poderosa desistiu. Mudou de assunto e interlocutor, em busca de alguém que a presenteasse com propósitos nítidos, arte ou grana.

Eu poderia ter retrucado. Dito a ela que meus copos não eram a única coisa naquela sala a não ostentar um grande motivo para existir ou um fim claro e definido que os justificasse. A vida dela, por exemplo, também não possuía nenhum desses atributos. E não só a dela. A minha também não. Todas, aliás. Inclusive a sua, sinto informar. Todas trabalhando com margem negativa, solenemente ignoradas pelo todo, mas se esforçando para fingir o contrário.

Eu poderia ter retrucado, mas me mantive quieto. Como já afirmei, não queria prejudicar a amizade entre V. Poderosa e Fernanda.

***

Fernanda? Que Fernanda? Percebo, a esta altura, que será necessária uma breve apresentação dos corresponsáveis pelo Valfrido, já que eles aparecerão por aqui sem nenhuma cerimônia ou sobreaviso. Como são presenças das mais frequentes em meu cotidiano, não haveria como ser diferente. Fernanda, já citada, é quem me acompanha, todos os dias, nos mais diversos projetos. Eis a lista dos demais: Samia, há anos comigo na Casa Rex. Assim como Claudio e Reinaldo. Já João, Cecilia e Thiago são da Lote 42. Considerando não se tratar de personagens, mas de pessoas que você encontra em qualquer esquina aqui por perto, não acrescentarei nenhuma descrição adicional. Mesmo porque alguns deles são extremamente melindrosos e um retrato mal redigido poderia me colocar em sérios apuros.

***

Com a intenção de produzir peças mais caprichadas a custos factíveis, recentemente montei uma pequena oficina gráfica própria composta por uma mesa de serigrafia, um prelo manual e uma pequena prensa tipográfica, também manual. Não conto isso de peito estufado, vangloriando-me por um suposto arroubo de originalidade, pois muitos dos processos de impressão mais antigos, principalmente os manuais, já há algum tempo caminham num movimento de revalorização progressiva, chegando ao ponto de serem muitas vezes associados não a seu período histórico original, mas àquilo que de mais atual tem se produzido no universo impresso.

Tal fenômeno, como é sabido, não se restringe ao terreno gráfico, haja vista a enxurrada de lousas manuscritas a giz que inundam restaurantes dos mais diversos portes ou a quantidade de produtos a gritarem, orgulhosos, sua procedência "artesanal" (mesmo quando fabricados pela Ambev ou McDonald's). Sem falar nas manifestações ainda mais vexatórias dessa "recuperação do autêntico", como barbearias vintage, food trucks ou carnaval de rua em São Paulo. Mas deixemos os barbudos gourmet festejando em paz, enquanto seguimos falando sobre processos de impressão. Mais especificamente, sobre minha oficininha gráfica, que, ao contrário de inúmeros temores iniciais, deu certo. Não apenas se mostrou bastante estimulante a todos que participaram de suas operações como resultou em projetos, no geral, bem satisfatórios. E o aumento de popularidade? Basta um vídeo nas redes sociais exibindo a miúda Adana Five-Three em ação para despencarem likes, coraçõezinhos e demais manifestações de afeto contemporâneo. Curiosamente, muito mais efusivas do que aquelas que o projeto em si recebe. Reação das mais questionáveis, mas assunto para outra hora.

Pois, fetiches à parte, este trecho se encerraria aqui, num ponto final feliz, caso minha retomada de velhos processos gráficos não trouxesse, a tiracolo, uma estranha sensação de que, ao limitar-me à mimetização do passado, eu emitia sinais de extrema apatia intelectual e autocondescendência, os efeitos colaterais inerentes a todo surto nostálgico. Até tentei deixar pra lá e não sofrer tanto com isso, mas minha estante de livros aqui ao lado não deixou. Começou por exibir um exemplar da *Utopia*, impecavelmente impresso em letterpress, editado pela Kelmscott Press de William Morris, com as belíssimas vinhetas de madeira entalhadas pelo próprio. De 1893. Tipografia manuscrita? Tem também. Jesus ressuscitando, em velino, numa capitular historiada da letra R, dando início à palavra Rex num missal de Brescia. 1484. E que tal edições experimentais? Experimentais! O adjetivo, utilizado hoje à larga para definir qualquer narrativa — escrita ou visual — que aparentemente fuja às regras, é daqueles que, tal qual tantos outros, viu-se esvaziado por completo de seu significado original. De antes desse esvaziamento, encaram-se na terceira prateleira *Doorway to Brasilia*, em que Aloisio Magalhães brincou (ou melhor: experimentou) com diferentes exposições da chapa de offset e *A marca e o logotipo brasileiros*, enlouquecida busca de Wlademir Dias Pino pela unificação do pensamento gráfico. 1959 e 1974, respectivamente.

1893, 1484, 1959 e 1974. Cada qual criando linguagem visual como testemunho de seu pensamento e de seu tempo.

Enquanto isso, em 2015, o tonto aqui posa de vanguarda por imprimir uns cartazetes misturando serigrafia e tipos móveis.

Ante tamanho ridículo, o que mais restava a não ser dilacerar-me em desespero? Tudo já foi feito!!!! Tudo já foi feito!!!!! Aaaargh!!! Tudo já foi feito!!! E, possuído pela fúria, estraçalhar as pobres máquinas de minha oficina gráfica. Inúteis!!! Inúteis!!! Tudo já foi feito!!!! Morram, inúteis!!!

Exagero, claro. Não sou dado a chiliques — ao menos não dessa ordem. Mas, por outro lado, como desconsiderar quão fácil é repetir aquilo que já foi realizado? Como descartar certa sensação de fraude por pavonear-me pela exploração de caminhos previamente trilhados e pavimentados? Pela utilização de soluções e recursos devidamente içados a altos patamares de aceitação cultural há anos, décadas, séculos? Não, não basta estacionarmos nosso carro (ops, nossa bicicleta) no passado, mesmo quando este sorri travestido de moderno. E pouco importa se tal busca pela produção de algo novo e original mais dia menos dia se revelará ilusória e infrutífera. Isso não a torna menos vital.

Por sorte, mal havia começado a me atormentar com tais questões quando Cecilia me escreveu sobre a Giv. (Até hoje não sabemos se a pronúncia correta é Guív ou Jív, num dilema semelhante a Dime/Jimmy). O e-mail era relativo à produção de alguns materiais simples. Marcadores de livro, acho. Nunca tinha ouvido falar na gráfica, mas, passado o susto causado pelo horrível mascote de sua marca, um pintor anão e barbudo a gargalhar, fui logo fisgado pelo exótico sistema de trabalho: contato apenas pelo site, no qual um menu oferecia aproximadamente cinquenta tipos de impresso — cardápios, cartazes, filipetas, folders, talões, talões numerados, ventarolas, receituários, cadernos corporativos, blocos, blocos autocopiativos, baralhos, calendários, folhinhas, folhinha comercial, folhinha de parede e outros tantos —, cada qual com algumas variações de formato, papel e acabamento, sem que fosse possível nenhum tipo de customização. Nenhum: se escolheu um cartaz 4x0 cores, 297x420mm, papel couché 115g sem verniz, tiragem de 500 exemplares, assim ele será. Não gostou, clique noutra opção. Que tal 250 cartazes, 420x594mm, igualmente 4x0 cores, couché 115g sem verniz? Com as mesmas dimensões e tiragem, há também a possibilidade de 1x0 cores, verniz total. Quer misturar elementos de diferentes opções? Não dá. Imprimir 300, não 250? Não dá. Laminação fosca? Não dá. Trocar o papel? Não dá! Clique no item desejado, faça o download do gabarito, envie seu arquivo e nosso sistema avisará se o pagamento foi autorizado. Em sete dias úteis, você receberá sua encomenda. Fim. Prova de cor? Não tem. Nem uma provinha de cor? Não! Vendedor? Também não. Como, então, negocio orçamento? Não negocia. E a sede, onde fica? Não interessa. Nem para acompanhar a impressão? Ora, deixe de ser engraçadinho, leia as instruções: clique no item desejado, faça o download do gabarito, envie seu arquivo e nosso sistema avisará se o pagamento foi autorizado. Em sete dias úteis, você receberá sua encomenda. Fim. Entendeu? Fim.

A absurda proposta de autoatendimento, beirando a caricatura, era tudo o que eu buscava. O antídoto perfeito para minha crise tudo-já-foi-feito-aaaaargh-tudo-já-foi-feito. Eu precisava desenvolver algo sob medida para ser impresso na Giv. Um projeto complexo, não um marcador de livros ou outra pecinha avulsa. Só assim vivenciaria toda aquela plenitude de menus, opções e (im)possibilidades. E, se o resultado certamente não se candidataria a prêmios de excelência gráfica, pelo menos nem William Morris nem Aloisio Magalhães puderam clicar no item desejado, fazer o download do gabarito e aguardar a entrega da encomenda em sete dias úteis. Já era um consolo.

***

Algum leitor mais azedo há de afirmar que me contradigo, pois William Morris, em sua Kelmscott Press, nada mais fazia do que mimetizar a Idade Média num surto nostálgico. A este sugiro um olhar mais amplo sobre a obra do inglês, que inclua também um passeio pelo pútrido ambiente da cidade industrial vitoriana em que ele postulava seu ideal de beleza para, assim, compreender que seu programa estético tinha objetivos essencialmente contemporâneos — sobre isso, aliás, escrevi um posfácio para a recente edição brasileira de alguns de seus textos (*William Morris, o livro ideal e outros textos*. Ateliê Editorial, 2016).

***

Foi necessário, contudo, que eu esperasse alguns meses para encontrar o projeto a ser impresso na Giv. Até que, noutra conversa com Cecilia e João, eles mencionaram terem recentemente assistido a uma apresentação dos Correios na qual diversos serviços oferecidos pela empresa haviam sido detalhados. Entre eles, a Mala Direta Básica. Que, nas palavras dos próprios Correios, consiste no envio de "uma mensagem publicitária com apelo promocional ou meramente informativa (propaganda), com objetivo de venda, divulgação, informação, prospecção e/ou fidelização, encaminhada a um público dirigido ou com potencial para resposta, emitida em vários exemplares idênticos ou personalizados". Quem pode usar? "Na modalidade a faturar (contrato) somente pessoas jurídicas. Na modalidade à vista, pessoas jurídicas, profissionais liberais e pessoas físicas." Da lista dos materiais que podem ser aceitos como Mala Direta Básica constam "Jornais, revistas, bíblias, catálogos", "Alternativos culturais, formulários não preenchidos", "Mapas, cartas geográficas ou celestes" e "Obra ou recorte de obra, publicação periódica ou alternativa cultural, publicação artística, científica ou literária, impressa para divulgação", entre outros. Para terminar, a vantagem que me fisgou em definitivo: "Preços diferenciados para entrega em âmbito nacional, estadual e local". Pronto. Se a Giv era a solução perfeita para que eu tripudiasse sobre minha pretensa sofisticação gráfica, nada melhor do que uma narrativa distribuída pelo nada charmoso serviço de mala direta básica para arrematar.

***

Uma vez definido o conteúdo principal da narrativa (as malas diretas impressas na Giv), era hora de...

— QUE BOBAGEM É ESSA??!!!

Eis que ressurge, esbravejando, o Leitor Azedo.

— MALAS DIRETAS IMPRESSAS NA GIV NÃO SÃO CONTEÚDO NARRATIVO!!! SÃO APENAS O SUPORTE!!!

Mas o...

— NÃO!!! CONTEÚDO É UMA COISA!!! SUPORTE É OUTRA!!!!

***

Escuto tais comentários com maior frequência do que desejaria, vindos de mais vozes do que também gostaria. Apesar de discussão completamente fora de época, ainda me surpreendo com o grau de conservadorismo — sectarismo talvez seja o substantivo correto — que muitas vezes emerge quando o assunto é a liberdade de ocupação do território chamado livro. "Este é literatura, aquele não é." "Este é arte, aquele não é." Até mesmo modalidades há poucas décadas relegadas a subcategorias hoje se aprumam empinadas: "Isto é história em quadrinhos, aquilo não é". O livro saiu um pouquinho do tradicional? O designer se assanha, orgulhoso: "Livro-objeto". Já o autointitulado amante da literatura torce o nariz: "firula desnecessária". Tudo é permitido, desde que esteja bem encaixado em seu devido lugar e por lá fique, quietinho. Parece ser essa a tola e paradoxal regra. Fingimos ter deixado as regras para trás, mas externamos nossa real avareza no complemento da frase.

O que dizer então de quem inquire se determinado livro é "para ler" ou "para ver"? Pergunta, aliás, que sempre me pareceu um tanto desproposital, pois, pelo que me consta, ambas as ações se realizam através do mesmo órgão. Soube, por exemplo, de um grupo de leitura que escolheu minha última narrativa impressa como objeto de debate. O tema a ser discutido? Se a obra fora criada para ser lida ou não. Verdade que utilizei formatos de papel soltos, em tamanhos distintos daqueles tradicionalmente presentes num códice (termo técnico que descreve a forma do livro tal qual a conhecemos, em sua sequência de páginas encadernadas). E, talvez fator decisivo para o surgimento do dilema, não nomeei o resultado *livro*, mas *conjunto narrativo de jantar*. Porém, considerando que o conteúdo lá impresso se limitava a uma profusão de palavras (12.982 pela contagem automática do Word) e que estas se encadeavam, comportadas, em sentenças lógicas compostas numa fonte romana serifada, não consigo imaginar utilização possível a não ser sua leitura. Se seriam apreciadas ou não é outra história.

Tais discussões não são recentes. William Ivins, em seu influente *Prints and Visual Communication*, de 1953, censura uma edição luxuosa do século XIX, pois seu conteúdo era de baixa qualidade. Não merecia, portanto, tamanha pompa visual que o elevasse a um aparente patamar superior. Já David Bland, no não menos ilustre *A History of Book Illustration*, da mesma década, além da curiosa divisão dos elementos visuais de um livro entre "ilustrativos" e "decorativos", cita vários exemplos de dissonância entre edições que possuem belos textos atrapalhados por imagens pobres e vice-versa, como se a desigualdade fosse inevitável e uma das duas linguagens devesse, necessariamente, sobressair.

Não obstante o sabor hoje pitoresco de tais argumentos, tanto as fundamentadas afirmações de Ivins ou Bland quanto os muxoxos dos parágrafos anteriores (já não tão fundamentados assim) evidenciam um mesmo ponto, ainda que o façam involuntariamente: tudo num livro é seu conteúdo.

Caso contrário, não haveria choques, conflitos. Nem problemas num projeto gráfico sofisticado para um texto pobre. Como também seria desnecessária a busca pela equivalência (ou disputa) entre texto e ilustração, assim como o controle no volume do alarde visual em função do tipo de escrita. Sem falar no surgimento de dúvidas do tipo "o que faço com isto aqui? Leio? Vejo?"

Não quero, contudo, dar uma impressão errada daquilo que descrevo como conflito. Pois não há nenhuma batalha sangrenta travada, página a página, entre as linguagens visuais e escritas pela supremacia num livro. Domesticadas por modos de produção e consumo bastante arraigados, elas coexistem firmemente assentadas sobre regras de convivência que estabelecem modalidades bem nítidas.

Uma das regras mais frequentes é a redundância: ambas as linguagens descrevem, cada uma a seu modo, um mesmo trecho da narrativa. O texto, com frases e palavras; a ilustração, com traços e cores. Matérias-primas tão diferentes, destinadas a repetirem a mesma mensagem. "Ele, então, empunhou sua arma na direção do assustado cozinheiro", nos conta o texto. Na página ao lado, a imagem de um gorducho com chapéu de chef, sobressaltado ante o cano da espingarda. E, mesmo que o rechonchudo possa ser descrito com mais poesia ou ilustrado com traços pouco figurativos, ainda assim se tratará da reiteração de algo já dito.

A redundância entre texto e imagem carrega justificativas profundamente fincadas não apenas no início da trajetória do livro, mas também na própria história da civilização ocidental (como não se resumem à mais conhecida delas, o altíssimo índice de analfabetismo da Antiguidade, não tentarei esboçá-las aqui. Caso queira se aprofundar, o livro de Bland é uma boa sugestão, ainda que carregue o defeito habitual de não pisar um milímetro fora de seu objeto de estudo). E, importante lembrar, nem toda repetição de um mesmo tema nas duas linguagens resulta em redundância desnecessária: é frequente imagens suprirem as limitações da escrita em descrições informativas, por exemplo, bem como haver necessidade de legendas para a contextualização de fotografias. Agem de modo complementar, ainda que, no fim das contas, mantenha-se a essência da repetição.

Outro dos modelos de coexistência que predomina entre ambas as linguagens postula que a essência do livro é seu texto. Logo, todos os elementos visuais devem desfilar pelas páginas com o máximo de discrição e subserviência possível, pois eles existem apenas como intermediários entre o "verdadeiro" conteúdo — a linguagem escrita — e o leitor. A tarefa da linguagem visual, portanto, restringe-se à experiência de leitura, não ao que de fato está sendo lido. É possível, nesse caso, aplicar uma mesma estrutura visual a obras de conteúdos dos mais díspares. E concluir daí que tal estrutura prova ser absolutamente dispensável a todos esses textos.

Também essa lógica tem raízes milenares. Grossíssimo modo, as palavras chegaram antes. Quando eu era criança, aquele que pisasse no campo de futebol antes dos demais, na hora do recreio, tornava-se o "dono do campo" daquela tarde, título que lhe garantia uma série de privilégios. Com a linguagem escrita foi assim. Ela pisou na página antes da imagem. É, historicamente, a "dona do campo". O livro, aliás, só possui sua forma atual para funcionar melhor como instrumento difusor da palavra escrita. Mais especificamente, como instrumento difusor da palavra escrita pelo suposto pai de Jesus, já que foi o cristianismo o grande responsável não apenas pela disseminação do artefato quanto pela definição de seus principais parâmetros formais. Com tamanha carga histórica, é natural, portanto, que o livro seja visto como o veículo de transmissão de textos por excelência.

Essa primazia já foi devidamente questionada com a utilização, do livro como suporte para as artes visuais, intensificada na segunda metade do século XX. (Houve algum suporte a escapar ileso dos artistas visuais dos anos 1960 e 1970?) Brotaram, então, os ditos "livros de artista". Ou, se preferir, os "livros para ver".

São apenas alguns exemplos, alguns encaixes. Existem outras normas de convivência entre texto e imagem num livro, que tanto podem ter sido organizadas ao redor de uma estrutura formal (como os quadrinhos) quanto de um suposto público-alvo (caso da literatura dita infantil). Cada qual com seu próprio caderno de receitas para a mistura das linguagens. Não é meu objetivo, porém, listá-las todas ou analisar uma a uma, mesmo porque isto aqui não é um tratado de linguística. Se o fiz até agora, foi apenas para minimamente alicerçar a ideia de que uma narrativa impressa, dependendo da lógica que apresente entre seus elementos — texto, imagens e design —, é automaticamente enquadrada como pertencente ao departamento X, Y ou Z. A única exceção é aberta aos cânones literários, que constituem uma categoria à parte e nela ficam, independentemente do contexto em que suas palavras se vejam impressas. Possuem seu próprio departamento, que deve ser citado sempre com pompa: os clássicos.

Nada contra a categorização. Facilita uma série de coisas, tanto para quem produz quanto para quem desfruta. Como também não possuo objeção a nenhuma categoria específica. Vale X, vale Y, vale Z. Meu problema não são os departamentos em si, mas a departamentalização obrigatória. Pois, apesar de as categorias serem múltiplas, elas não são infinitas. Logo, tudo num livro é seu conteúdo, mas, se algo não se enquadrar num dos modelos previamente aceitos por todos, o processo funcionará mais ou menos como o da Giv: não pode. Tudo é permitido, desde que esteja bem encaixado em seu devido lugar e por lá fique. Querendo ou não, toda produção será automaticamente classificada numa das opções preexistentes e, sob os "códigos de conduta" desta, analisadas.

Poderia gastar páginas chorando exemplos, mas citarei apenas um livro de minha autoria, intitulado *Marlon Brando, vida e obra*. Narrativa ficcional escancarada no parágrafo de quarta capa ("...a marcante trajetória de Marlon Brando, da infância em Alvinópolis ao chope com Rovílson, passando pelo gol na final do Ferreirão..."), assim como logo na primeira frase do texto em si ("Marlon Brando Dias Fuzetti nasceu em..."). Difícil imaginar tratar-se do intérprete do Capitão Kurtz. Ou você acredita que ele largou, apressado, o set de *O último tango em Paris*, vestiu meião e chuteira e seguiu direto para marcar um gol na final do Ferreirão? Que tirou os algodões da boca de Vito Corleone para saborear um chopinho com alguém chamado Rovílson em Alvinópolis? Julguei, portanto, ter fornecido mais evidências do que o necessário para avisar a todos que o livro não falava sobre Marlon Brando, ator norte-americano, mas sim sobre um homônimo fajuto. Por isso, quando executei a capa, permiti a esta manifestar certa independência e dar um passo além, brincando com a já mencionada redundância entre as mensagens emitidas pelas linguagens escrita e visual. Pois capas de biografias são, invariavelmente, redundantes: você lê no título *Ayrton Senna* e, logo acima, lá está o rosto do piloto brasileiro, mirando o horizonte. *Xuxa,* escrito em bold rosa, sob a foto da rainha dos baixinhos sorrindo, mãozinha no queixo. *Roberto Carlos* em letras... Não, não, desculpe. Biografia do Roberto Carlos não pode, me esqueci. Mas, mesmo sem o Rei, creio que me fiz claro quanto à regra para as capas do subgênero. Logo, para a capa do meu *Marlon Brando, vida e obra,* decidi manter tais princípios construtivos — texto com o nome do biografado e retrato do mesmo —, trocando porém a redundância habitual por duas informações conflitantes. O texto diria *Marlon Brando,* a imagem diria *James Dean.* Na minha cabeça, solução inventiva, questionadora e divertida.

Foi um desastre.

Além de a editora ter recebido diversos e-mails alertando sobre o aparente erro grosseiro, boa parte deles em tom pra lá de jocoso, muita gente comprou o livro e logo o devolveu ao descobrir não se tratar da vida do Marlon Brando ator hollywoodiano (sim, eu também acreditava, até então, que quando alguém comprava uma biografia, ao menos sabia qual a cara do biografado). Para piorar, viralizei e fui devidamente ridicularizado nas redes sociais. A surra virtual começou tratando-me como um imbecil, que não sabia diferenciar dois ícones do cinema. Depois, desci ao patamar de triste retrato do baixo nível editorial brasileiro. Finalmente, logo que começaram a perceber que a foto de James Dean era proposital, a capa foi linchada como sacada de marketing infeliz, executada por um autor obscuro desesperado por atenção.

MARLON
BRANDO
VIDA E OBRA POR GUSTAVO PIQUEIRA

Guardo vários exemplos desse achincalhamento, alguns lançados por conhecidos membros de nossas altas esferas, como o sempre sagaz ator José de Abreu.

Pelo menos o povo do design amou? Nada. Mesmo analisada apenas como peça gráfica, a capa passou solenemente em branco, enquanto outros projetos gráficos que fiz, com raciocínios visuais muito inferiores a ela, mas que, por outro lado, seguiam corretamente os "códigos de conduta" de um design vistoso, colhiam prêmios mundo afora. Nem como "livro para ver" o pobre Marlon vingou.

Roland Barthes sabiamente postulou: "A pior perturbação social é a de não poder classificar. Uma sociedade que não pode classificar fica atordoada". Pois o que realmente chama a atenção nessa história toda é que nenhuma das opiniões sobre a capa de *Marlon Brando, vida e obra* sequer aventou a possibilidade de que ela fosse o que efetivamente era. Afinal, como não se encaixava em nenhuma das categorias já previamente assimiladas, sobravam três opções: erro, pobreza intelectual ou trambicagem. Outra coisa não poderia ser.

Se hoje faço graça, à época foi bem diferente. Porém, ao contrário do que indicava o bom senso, passada a ressaca, intensifiquei as buscas na direção de descobrir — e cutucar — outros limites dos tais códigos corretos de conduta. Se por teimosia, masoquismo ou para continuar chamando a atenção do José de Abreu, não sei responder. O fato é que rolei ladeira abaixo e surgiram, deste então, projetos como copos servindo de suporte narrativo ou 12.982 palavras que um grupo de leitura se reúne para discutir se devem ser lidas ou não. Além deste aqui, uma narrativa cujo cerne é sua forma: malas diretas postais impressas na Giv.

Aliás, penso ser um momento oportuno para lembrar aos mais distraídos: por favor não considerem esta segunda parte de *Valfrido?* como um apêndice, making of ou mera justificativa da obra em si. Isto aqui é o livro.

**Mymi** @mylou
@MarcioGrings Meio que desastroso...
Retweeted by Márcio Grings
View conversation

**André Carvalho** compartilhou a foto de Eduardo Colacioppo Fagaraz.
hahahaah! essa podia entrar para o livro dos recordes como o maior erro já cometido em uma capa de livro ever. alguém ai sabe quem foi o designer sem noção que fez isso? ele merece uma estátua :-)

**Clodiney Cruz** compartilhou a foto de Eduardo Colacioppo Fagaraz.
wow, parabéns aos envolvidos

**Alessandro Manoel**
Imaginem esse livro.

http://www.submarino.com.br/produto/6761747/livro-marlon-brando-vida-e-obra

Tenho o direito de julgar um livro pela capa, não??

**Yonara Narinha** compartilhou a foto de Eduardo Colacioppo
Eita povo que sabe tudo... kkkkkkkkkkkkkkkkkk
Segunda às 17:37

**Fabão Gomes** Não é possível que isso exista... kkkkkk Tbém acho que é montagem... kkkk
Segunda às 17:46 · 1

**Yonara Narinha** Não duvido de nada...
Segunda às 17:50

**Eber Medeiros** kkkkkkkkkkkkk
Segunda às 20:55 · 1

**Carlos Sperber** Sabem tuuudo!!!!
Ontem às 07:14 · 1

**Damáris Ferraz** Não tô acreditando....!
Segunda às 20:12 via celular

**Luiz Roberto Guedes** Todo mundo bebeu. E todo mundo nunca viu Brando. Nem n'O Poderoso Chefão. Um caso extraordinário de ignorância coletiva.
Segunda às 22:00

**Adalberto Camargo** Esse cara é o James Dean, porra!Donny, vc tá de gozação! Pena que se arrebentou numa porshe. Giants, Juventude Transviada. Grande ator. Pena que se vão cedo. Gostei do post...abçs
Ontem às 03:20

**Etelvina K Massuda** Jaqueta de couro, camiseta branca. Início da uniformidade Jeans, lembrei do trabalho do Freddy. Para mim este é James Dean. Na verdade temos poucas fotos dele(s??)
Ontem às 10:09

**Teresa Barbosa** hahahahah...ô cultura!
há 10 minutos · Curtir

**Angélica Alves** AHAHAHAHAHAHAHAHAHAHAHAHAHA...
há 54 minutos · Curtir

**Yonara Narinha** kkkkkkkkkkkkkkkkkkkkkkkkkkkkkkkkkk
há 45 minutos · Curtir

**Jauvanio Jacurino** Nó...
há 18 minutos · Curtir

**Khristofferson Silveira** Superou as expectativas.
há 15 minutos via celular · Curtir

**Danilo Fernandez**
Oooolha a rata!
Biografia do Marlon Brando com o James Dean na capa....
Ô Martins Fontes.... que vergonha!

**Eduardo Colacioppo Fagaraz**
Assinar · há 2 horas

Parabéns aos gênios do mercado editorial brasileiro.

**Márcio Grings** @MarcioGrings
Você compraria uma biografia do Marlon Brando com a imagem de James Dean? #MaravilhasDoMercadoEditorialBrasileiro
pic.twitter.com/8i1Cfdpe
View photo

**Filipe Quintans** @filipequintans
Se no mercado editorial os caras não conseguem diferenciar Brando de Dean (um abismo, diga-se), imagina na faculdade cinema.
Expand

**José de Abreu** @ZehdeAbreu
@filipequintans Inacreditável, a foto mais emblemática do Dean!
Hide conversation · Reply · Retweet · Favorite

7:30 AM - 10 Dec 12 · Details

**Guilherme Amaral** @amaral83
@ZehdeAbreu @marciogrings inventaram uma pegadinha pé-de-chinelo pra vender o livro.
Retweeted by Márcio Grings

**Guilherme Amaral** @amaral83
@MarcioGrings @ZehdeAbreu não é uma biografia do Marlon Brando.
Expand

**José de Abreu** @ZehdeAbreu
@amaral83 @marciogrings MARLON BRANDO VIDA E OBRA nao é uma biografia? Piorou muito! Propaganda enganosa?
Hide conversation · Reply · Retweet · Favorite

**tom leao** @tomleao
RT @jnflesch: Não vale rir. Biografia de Marlon Brando tem, na capa, foto de James Dean: livrariacultura.com.br/scripts/resenh... // P-U-E-R-R-A!!!
Retweeted by Betty Lago
Expand · Reply · Retweet · Favorite

**tom leao** @tomleao
@cirobonilha bom, mas pra ter na capa uma foto do james dean com o nome MARLON BRANDO em letras garrafais, é um pouco demais, nao?
Collapse · Reply · Retweet · Favorite

**thiago costa** @thiagotrips
@tomleao tom, a nova onda dos designers é terem "sacadinhas infames": wmfmartinsfontes.com.br/detalhes.asp?I...
Collapse

11:39 AM - 10 Dec 12 · Details

**Leo Boechat** @leoboechat
@fvanzo @MarcioGrings Pior que não é erro, é proposital. livrariasaraiva.com.br/produto/260498...
Retweeted by Márcio Grings
View conversation

**Filipe Quintans** @filipequintans
@gabiromeiro @eduardonasi muito espertos esse publishers.
View conversation

**Evelin Mintegui** @emintegui
@MarcioGrings Pra chamar a atenção msmo, qq pssoa que goste do MBrando vai se ligar que n é ele, vai tentar saber o que é, tip a gnte agora
Retweeted by Márcio Grings
View conversation

**Carlos Sperber** compartilhou a foto de Eduardo C
Qualidade editorial brasileira. Eita falta que faz a c
há 2 horas ·

**Eloá Varga** Mal dá pra acreditar que isso é de verdade.
há 2 horas

**Sabrina Almeida** Inacreditável!
há 15 minutos

**Gui Cervi** WTF?
há 7 horas

**Leandro Arnaldo** Isto é verdade.
há 7 horas

**Leandro Arnaldo** mesmo
há 7 horas

**Gui Cervi** mas que barbaridade! haeueaee
há 7 horas

**Marcelo Alencar** Quac!
há 7 horas

**Leandro Arnaldo** Viu só Marcelo Alencar. Dai tu abre e lê, verifica que o texto é uma biografia de outra pessoa ainda.
há 6 horas

**Marcelo Alencar** Brincou, Leandro!
há 6 horas

**Felipe Dagort** #chocado
há 6 horas

**Laudia Bolzan** ☹ não pode ser verdade!!!
há 4 horas

**Caco Portela** Me desculpe mas pela capa e quarta-capa, o que se tem idéia ao ler o que tem escrito é somente a respeito de Marlon Brando, o ator e James Dean?! Se há um homônimo foi mascarado e essa obra não passa de um estelionato literário...
há 15 horas via celular · Curtir

**Ester Kataoka** gente!!!!!!
há 2 horas · Curtir

**Caroline Mancini** Não entendi, me explica?
há 2 horas · Curtir

**Decco Fernandes** james dean nas fotos, caroline mancine ☺
há ± 1 hora · Curtir

**Rubem Bretones** Montagem??????
há ± 1 hora · Curtir

**Caroline Mancini** Nooooossa, eu aqui procurando erro de grafia e nem me atentei pra foto HAHAHAHAHAHAHAHA... Gente, que vergonha.
há ± 1 hora · Curtir

**Sergio Bomfim** isso é sério???
há 2 minutos · Curtir

**Dani Hirsch** só pode ser piada, prefiro não acreditar que realmente alguém imprimiu isto
há 38 minutos · Curtir

**Fabiana Stig** marketing do mais puro.....
alguns segundos atrás

**Armando Vernaglia Junior** Agora, sinceramente, isso é um jeito bem "171" de promover um livro...
alguns segundos atrás · 1

**André Carvalho** Mario Amaya, eu gosto muito do trabalho d rex, mas nesse caso, achei mesmo que é uma ideia imbecil. eu leio muita literatura contemporânea, compro muitos auto novos, e desse dai eu não chegarei perto por conta da capa.

provavelmente muita gente comprará o livro achando que era uma bio do mr brando e depois veria a besteira que fez. a pi só é boa se for facilmente entendida. nem toda livraria é a cultura. em muitas os livros são vendidos fechados. no estan virtual muitas vezes a explicação sobre o livro é falha. sem contar que tem gente que compra livro pela net sem ler os comentários para não ler nenhum spoiler.
há 2 horas · 1

***

A atividade humana aumenta numa progressão pasmosa. Já os homens de hoje são forçados a pensar e a executar, em um minuto, o que os seus avós pensavam e executavam em uma hora. A vida moderna é feita de relâmpagos no cérebro, e de rufos de febre no sangue. O livro está morrendo, justamente porque já pouca gente pode consagrar um dia todo, ou ainda uma hora toda, à leitura de cem páginas impressas sobre o mesmo assunto.

***

O parágrafo acima, com ares de manifesto, não é de minha autoria. Nem mesmo é recente. Foi escrito em 1904, por Olavo Bilac, trecho de seu editorial para a estreia da revista *Kosmos*, publicação mensal que perdurou até 1909 e ainda hoje encanta, tamanho seu apuro gráfico.

"Rufos de febre no sangue" à parte, não há como evitar compará-lo a inúmeras opiniões recém-emitidas sobre nosso século XXI corrente e, com isso, constatar quão pouco originais somos de fato. "Os homens de hoje são forçados a pensar e a executar, em um minuto, o que os seus avós pensavam e executavam em uma hora."

O foco do editorial, no entanto, não é externar a superficialidade a ser exibida pelo ser humano cento e doze anos após 1904, mas sim anunciar que "o livro está morrendo". Pois, na continuidade do texto, Bilac apontará para o surgimento das revistas (tal qual a *Kosmos*) como veículos mais adequados à vida moderna, quando "pouca gente pode consagrar um dia todo, ou ainda uma hora toda, à leitura de cem páginas impressas sobre o mesmo assunto".

Hoje, mais de um século de relâmpagos no cérebro depois, sabemos que não foi o que aconteceu. Assim como ocorreu com a chegada de veículos bem mais impactantes, como o rádio e a televisão, a revista periódica de variedades não exterminou o livro.

Por isso, nada poderia ser menos prudente do que me arriscar ao ridículo e sair anunciando novas previsões sobre o futuro do livro impresso. É, contudo, exatamente o que farei agora.

Pois acredito que o livro impresso resistiu ao advento de tantos possíveis substitutos pelo simples fato de que nenhum deles insinuou questionar seu monopólio sobre a linguagem escrita. Tanto o rádio quanto a televisão se ocuparam de outros assuntos. Mesmo as revistas de variedades possuíam espectro limitado, não pretendendo abarcar a maior parte do conteúdo escrito existente. E, ainda que relevâncias históricas oscilem ao sabor dos tempos e Bilacs de plantão alardeiem desde 1904 que "ninguém mais lê hoje em dia", seria absurdo imaginar que a linguagem escrita poderá, um dia, ver-se extinta.

Com as mídias digitais, porém, a história é bem diferente. Não bastasse seu assustador e crescente domínio sobre os mais diversos segmentos, de comércio a relacionamentos, no assunto que nos tange elas exibem vantagens práticas que já ultrapassam, com folga, as apresentadas pelo impresso. Produção, preço, armazenamento, propagação, impacto ambiental... A lista só cresce. Contra-argumentos afetivos (do tipo "não tem cheirinho de papel") são, o nome já diz, afetivos. Tendem a desaparecer — enquanto regra — com a morte da geração que os cultiva.

Por isso, a mim soa inevitável que, desta vez, o destino do livro impresso venha a sofrer um desvio considerável. Arrisco a dizer que semelhante ao experimentado pelas artes visuais com o surgimento da fotografia. Pois o aperfeiçoamento do processo descoberto na primeira metade do século XIX desobrigou as artes visuais daquela que era, até então, sua função utilitária: a difusão de informação visual objetiva. Isso, por um lado, reduziu sua presença cotidiana, mas, por outro, permitiu que a pintura, o desenho e a escultura, uma vez livres de sua tarefa primordial, se voltassem à reflexão sobre outros assuntos. Não por coincidência, o fim daquele século e o início do seguinte assistiram à explosão das vanguardas artísticas, bem conhecidas de todos.

O livro impresso está num irreversível processo de perder seu protagonismo como veículo transmissor da palavra escrita, se é que já não o perdeu. Não irá desaparecer, mas talvez a reelaboração de certas bases seja inevitável. E essa reelaboração passará, obrigatoriamente, por aquilo que o livro impresso tem de único: sua dimensão física. Sua forma.

***

Montaigne cravou num de seus *Ensaios* que nós "conferimos dignidade às nossas tolices quando as imprimimos". Apesar da frase espirituosa como sempre, neste caso hei de discordar do bordalês. Ao redigir e imprimir o manifesto apocalíptico sobre o futuro do livro impresso que você acabou de ler, tudo o que confiro às minhas tolices é a impossibilidade de me desdizer daqui a alguns anos, caso minha clarividência se revele uma farsa. Eu? Afirmei que o livro impresso sofreria uma transformação tão profunda quanto aquela experimentada pela pintura do século XIX? Eu? Imagina! Nunca! Nunca! De onde tiraram tamanha bobagem?

***

Malas diretas têm um único objetivo: vender algo. A melhor pizza da região. Dedetização rápida e eficiente. Confira todas as vantagens do novo cartão de crédito. Experimente as deliciosas esfihas doces. Lançamento exclusivo a apenas cinco minutos do metrô. Juro zero. Cento e vinte parcelas sem sinal. Não perca essa oportunidade.

Amontoadas, berram histéricas em meio aos boletos bancários na soleira da porta, mas geralmente vivem menos do que as aleluias e, segundos após terem sido apanhadas, jazem amassadas no lixo.

Desnecessário assinalar que eu nutria a expectativa de que minhas malas diretas durariam um pouco mais. Por isso, como primeiro passo na construção do enredo, acreditei ser fundamental distanciá-las dessa estrutura narrativa comercial, imaginando que o afastamento sinalizaria não se tratarem de folhetos de oferta, mas sim de outra coisa. E, por alguns dias, pareceu tarefa bastante simples: bastaria evitar a aplicação dos monocórdicos clichês promocionais, tanto os criados pelo redator ("ligue já", "confira", "venha agora"...) quanto aqueles sob incumbência do diretor de arte (profusão cromática, letras em bold saltando do grid...) e pronto: o risco do descarte imediato estaria afastado.

Foi quando Samia me alertou para outra ameaça à espreita, o crescente número de campanhas publicitárias que fingem não o serem. De repente, um jovem suplica no YouTube por reencontrar o amor perdido na balada. Um marido arrependido implora por perdão nos cartazes dos pontos de ônibus. O lateral Daniel Alves, num impulso, come uma banana em campo para protestar contra o racismo. A plateia delira. Curte, compartilha, celebra as intenções humanas, profundamente humanas, daquilo tudo. Até que alguma marca ou agência de propaganda se apresenta como autora da "ação". E, apesar de uns poucos resmungos isolados aqui e ali, a audiência — que tanto alardeia seu apreço pelo autêntico — nem liga por ter sido vítima do embuste. Pelo contrário, sorri satisfeita. Afinal, foi entretida e pôde ostentar o assunto do momento em seus perfis virtuais. Como querer mais? Hoje em dia, entretenimento com ostentação parece estar de ótimo tamanho para preencher a estatura que demos a nossas vidas. Consumimos desenfreadamente a fim de nos distrairmos e, com transmissão ao vivo, exibimos isso para todo mundo. Atores e diretores de nosso próprio filme, mostramos tudo, tudo.

Verdade que, infelizmente, o filme é um pornô. De baixo orçamento. E nós, como bons atores pornô de baixo orçamento, temos atuação sofrível e performance exagerada, fingindo êxtase supremo. Tudo para que nossa plateia se deleite. E, não menos importante, nos inveje, querendo ocupar nossa vaga no bacanal. Enquanto isso, seguimos em plena canastrice, mostrando fôlego invejável mesmo sem sentir prazer nenhum.

Diante de cenário tão aterrador, logo concluí que confundirem minhas malas diretas com o folheto da pizzaria do bairro seria ruim. Porém, acreditarem que se tratava de uma ação de marketing disfarçada seria muito, mas muito pior. Surgiu daí outro dos pilares básicos do projeto: a fuga desesperada de qualquer possibilidade de viralizar na internet.

A tarefa, então, já não parecia nada simples. Afinal, agora não bastava apenas comunicar a inexistência de intenções comerciais. Era necessário, além de não oferecer nenhum ponto de comunicação, como número de telefone ou hashtags, que o receptor sentisse ser completamente impossível alguém querer vender qualquer coisa daquele jeito. Que não haveria marca, causa ou propósito capazes de se promover através *daquilo* (itálicos meus, em estilo V. Poderosa). Em resumo, era preciso eliminar qualquer possibilidade de empatia. O que, como ponto de partida para uma narrativa ficcional, não chega a ser exatamente promissor.

Para complicar ainda mais, a solução não desenhava linhas claras e uma série de possíveis efeitos colaterais insinuava-se nessa névoa. Se exagerasse na falta de empatia, por exemplo, descambava para um tom perturbador de violência e, nestes tempos paranoicos e blindados, as inocentes malas diretas corriam o risco de serem recebidas como ameaças intimidatórias. Na outra ponta, caso aliviasse demais a mão, via-me assombrado pelo não menos terrível fantasma da fofura, com os folhetos sendo tomados como desinteressadas mensagens emotivas, estilo *mais amor por favor* e congêneres, alegremente adentrando as residências para convidar o cidadão a sair do torpor e, assim, podermos nos abraçar numa linda e interminável primavera saltitante.

Não, minhas malas diretas não seriam confundidas com folhetos de oferta, ações de marketing disfarçadas, cartas ameaçadoras ou autoajuda fofa. Seriam claramente percebidas como outra coisa.

Outra coisa.

Outra coisa que, confesso, não sei detalhar. Melhor, então, mudarmos de assunto.

***

Todo ano, praticamente o mesmo grupo se reúne ao redor da mesa de jantar do apartamento onde cresci para celebrar o aniversário de minha mãe. Invariavelmente, eu e Fernanda acabamos chegando um pouco mais tarde do que a maioria dos convidados e sempre pegamos o assunto já no meio. Assunto que, quando Tia Lourdes está presente, é decidido e conduzido por ela, mesmo a contragosto dos demais. Da aniversariante, inclusive.

Quando chegamos à festa de cinco anos atrás, Tia Lourdes nos cumprimentou rapidinho com as sobrancelhas para não interromper a empolgante narrativa da noite, já avançada. Devolvemos o gesto, nos ajeitamos nas cadeiras, enchemos nossos copos (creio que o consumo de álcool per capita dispara durante os monólogos de Tia Lourdes) e passamos a acompanhar as peripécias de um certo Valfrido. Pois, com exceção do ano em que ela exauriu a festa toda elencando as incríveis vantagens de se levar cuecas e calcinhas descartáveis numa viagem de férias, suas histórias costumam girar em torno de elogios exagerados aos membros de sua família ou de círculos de amizade distantes do nosso. (Curiosamente, quando fui ao casamento de uma de suas filhas, descobri que a estratégia de Tia Lourdes é falar bem de pessoas que ela conhece mais do que o resto do grupo, independentemente de quem sejam. Tal constatação veio ao perceber que muita gente que eu nunca vira na vida havia ouvido maravilhas a meu respeito, amplificadas a ponto de me levarem a extremos de constrangimento.)

Mas, naquela noite, o astro era Valfrido. Percorrendo, com galhardia, aquele que hoje é definido como o roteiro coxinha-classe-A: Miami, Orlando, Campos do Jordão, condomínios fechados, resorts, esqui na neve. Família de médicos. Ouvíamos todos atentos, mas não por opção, pois ela fala sem parar e ninguém encontra brecha para interrompê-la. Subitamente, porém, Tia Lourdes se levantou, dizendo que estava tarde, precisava ir embora. Após as despedidas, supus que houvera alguma introdução ou, ao menos, um motivo disparador do tema da noite e perguntei a minha mãe e a suas amigas quem diabos era o tal Valfrido. Ninguém sabia. Tia Lourdes simplesmente chegara e desandara a falar do Valfrido, como se ele fosse íntimo de todos.

Seu nome nunca mais surgiu em nenhuma das festas de aniversário posteriores. Mas, desde então, basta Tia Lourdes entrar no elevador para todos nos entreolharmos, cúmplices, e sorrirmos a perguntar por onde andará Valfrido. E, claro, parte da graça de nossa piada anual está vinculada ao fato de Valfrido chamar-se Valfrido. Se fosse José não teria a mesma graça.

***

Como existiria um intervalo de alguns dias entre o envio de cada mala direta, a lembrança da persistência do nome Valfrido nos aniversários de dona Arlete apresentou-se como uma boa solução para que os destinatários ligassem um folheto ao outro, identificando-os como parte da mesma narrativa. Esta, dentro do princípio da ausência de empatia, contaria uma história básica de traição: pessoas se acusando mutuamente por trapaças no amor e nos negócios. Trama inconclusiva, personagens sem qualquer traço marcante. Assim, ninguém poderia optar por um deles como objeto de identificação ou de repulsa. E, se o Valfrido da Tia Lourdes deslizava pelas montanhas de Aspen com grandes óculos multicoloridos, este Valfrido arrastaria uma velha Kombi Pick-Up por aqui mesmo, fazendo bicos de carreto, a circular por um universo pouco atraente. Uma vizinhança familiar, longe de qualquer possibilidade aspiracional. Cenário, porém, também distante da miséria extrema, já que os bem nutridos adoram observar ambientes miseráveis de longe, onde podem dar vazão tanto a seu enternecimento paternalista quanto a seu sadismo mórbido. Sentados na plateia do Coliseu, simultaneamente vibram com os leões e lamentam pelos cristãos.

Por fim, este Valfrido teria apenas mais um único ponto em comum com seu homônimo bem-sucedido: a intromissão. Ambos surgiriam sem terem sido convidados.

***

Se a narrativa escrita giraria em falso, sem refrão, o discurso gráfico deveria tagarelar eloquente, pois era o responsável por anunciar — com toda a subjetividade que lhe é peculiar — que se tratava de um conjunto ficcional. Além disso, a linguagem visual também fora encarregada da organização do enredo. Cabia a ela informar quem narrava cada um dos dez folhetos redigidos em primeira pessoa. Informação esta que, obviamente, não necessitava ser assentada sobre algum alicerce didático. Bastavam quatro sintaxes gráficas diferentes entre si, uma por personagem.

Além de não resvalarem nos campos minados já descritos, elas também precisariam desviar-se de outra vala traiçoeira: a do falso tosco. Pois o universo bruto de Valfrido não deveria impor a seu projeto gráfico que o emulasse visualmente. Ambiente narrativo rudimentar, design rudimentar?

Creio já ter esgotado até mesmo o mais doce dos leitores com o tanto que falei sobre a não necessidade dessa correspondência obrigatória. Além do que, assumo fugir desesperadamente do falso tosco, do "vamos brincar de fazer malfeito". Não apenas nesse projeto específico, mas sempre. Considero brincadeira das mais sem graça e sinal evidente da falta de recursos e de senso de humor.

Se houve o tosco, ele foi sincero, involuntário: algumas gravuras em linóleo que eu, diletante, havia começado a fazer em casa e que serviram como estrutura gráfica para os quatro folhetos de Lucielle. Já Dime teve melhor sorte, e levou sua Kombi a viajar por paisagens inglesas muito mais bem executadas no século XVIII (tanto pesquisei imagens de Kombis Pick-Up na época que até hoje banners na internet tentam me seduzir com anúncios desse veículo à venda. Mais dia menos dia, não resistirei e, num impulso, vou acabar comprando uma).

Dona Elvira tomou um pouco mais de tempo, pois, inicialmente, aventei a hipótese de utilizar uma série de xilogravuras retiradas de *Hypnerotomachia Poliphili*, obra atribuída a Francesco Colonna e publicada em 1499 em Veneza, símbolo máximo não apenas do icônico editor Aldo Manuzio como do próprio livro renascentista. A mim parecia divertido aplicar imagens de tão ilustre procedência, daquele que muitos consideram o grande cânone visual do livro ocidental, num folheto impresso na Giv. Após algumas tentativas, porém, desisti. A prudência me alertava para a profusão de membros decepados nas cenas que eu selecionara e, no fim, o deslocamento não passaria de uma piada interna, dada a pouquíssima quantidade de pessoas que identificariam no folheto a referência à gráfica aldina. Coletei, então, algumas litogravuras de quirópteros disponíveis no enorme acervo virtual da British Library e, mesmo um tanto desapontado, rapidamente admiti que tinham funcionado melhor do que os entalhes do sonho de Polifilo.

Mas alguma piada havia de existir, e ela foi reservada para nosso ilustre protagonista. Pois os dois folhetos

## TABELLA DEXTRA:

Nelaltra tabella era impreſſo uno nobile giouene. Ilquale cum ſumma religione receueua una protectiõe di uno cryſtallino clypeo, Et egli ualoroſo cum la falcata & tagliente Harpe, una terrifica donna decapitaua, & el trunco capo inſigno di uictoria ſuperbamẽte geſtaua. Del cruore delquale, naſceua uno alato caballo, che uolando in uno faſtigio di monte, una myſterioſa fontana, cum il calce faceua ſurgente.

## SECVNDA SINISTRA.

Nella facia anteriore uedeuaſi el potente Cupidine che cũ laurea ſagitta ſua uerſo li ſtelliferi cæli trahẽdo gutte doro amoroſamente faceua piouere. Et una ĩfinita turba di omni conditione uulnerata ſtauano dicio tutti ſtupefacti. In oppoſito, uidi Venere irabonda, ſoluta cũ uno armigero da uno fatale rete el filiolo per le ale prẽſo hauea uindicabonda, & uoleualo narrados pelo próprio Valfrido dispensaram imagens e cores para vestirem um grid elegante e controlado, apresentando-se com toda a pureza e a seriedade de um livro "normal". Prova, aliás, de que um livro "normal" de "normal" não tem nada. Tem, sim, uma sintaxe tão arbitrária quanto qualquer outra.

E, uma vez definidas as malas diretas, por que não incrementar a saga de Valfrido, Dime e Lucielle com alguns acessórios extras?

***

Num livro que possuo sobre máscaras africanas, seu autor, curador do British Museum, critica (e escarnece, naquela arrogância avinagrada que os deslumbrados costumam classificar como "humor britânico") a transformação sofrida pelo artefato: originalmente confeccionadas para utilização em rituais ancestrais, haviam sido esvaziadas de seu significado real e hoje se encontravam reduzidas a lamentáveis suvenires turísticos.

Impossível discordar completamente da afirmação. Mas não me estenderei lamentando o quanto o rolo compressor das culturas dominantes destruiu riquezas locais. Não apenas não é o assunto aqui como também não deveria ser novidade para ninguém.

Na verdade, o que me chamou atenção na afirmação do inglês foi que, para ele, uma máscara africana transformada em suvenir turístico era deprimente, execrável. Mas transformada em objeto de museu não. Ora, utilizando sua própria base de argumentação, qual a diferença? Mesmo se o museu ficasse em Ouagadougou e não em Bloomsbury, qual a diferença? Será que ele acredita que ao protegê-la sob um vidro, cercá-la de alarmes sonoros e acrescentar legendas a seu lado ele está preservando sua essência? Suvenir turístico ou peça de museu, a máscara africana está longe de casa, destituída de sua função original e ressignificada noutra. Noutra que, a princípio, não pode ser condenada ou absolvida. O inglês pode colocar quantas legendas quiser em suas peças expostas, não vai fazer a menor diferença.

É provável, no entanto, que ele faça parte do grupo que julga existir o jeito certo e o errado de nos apropriarmos daquilo que originalmente não nos pertence. Do jeito certo, pode. Do jeito errado, não. Quem define qual é o certo e o errado? Boa pergunta.

Encontrei outro exemplo do eu-posso-você-não na irritante narrativa autobiográfica de Vladimir Nabokov (*Fala, memória*, na edição brasileira). De família rica, o russo viu a Revolução Bolchevique confiscar suas posses e, ainda jovem, foi obrigado a viver como exilado a oeste da Europa, seguindo para os Estados Unidos, onde se instalou e posteriormente viria a escrever suas obras mais conhecidas. No livro mencionado, ele lamenta os anos de aperto financeiro, mas, a certa altura, interrompe a lamúria para fazer importante ressalva: "A seguinte passagem não é para o leitor comum, mas para o idiota particular que, por ter perdido uma fortuna em algum crash, acha que me entende". Ou seja: apenas a um sofisticado escritor, feito pobre por querelas ideológicas, era permitido lamentar a fortuna perdida. A um empresário bronco que perdeu a sua no crash de 29, não. Até as desgraças têm sua área VIP.

Poucas obras, aliás, me exasperaram tanto quanto o livro em questão. Nabokov chega ao extremo de, ao se referir a seu pseudônimo Sirin, falar de si próprio na terceira pessoa. Exatamente como fazia Mirandinha, centroavante palmeirense dos anos 1980. O juiz apitava o fim da partida e o repórter entrava em campo, perguntando sobre o jogo. Mirandinha se aprumava e soltava o verbo: "Bom, Mirandinha entrou com o intuito de ajudar os companheiros, Mirandinha sempre busca estar bem posicionado para aproveitar as oportunidades criadas pelos companheiros e hoje Mirandinha conseguiu ter a felicidade de estar bem colocado, a bola sobrou para Mirandinha e

Mirandinha fez aquilo que sabe fazer, que é o gol. Agora Mirandinha vai trabalhar durante a semana, já pensando no próximo jogo, para que Mirandinha continue marcando gols e dando alegria a essa maravilhosa torcida que, você vê, apoia Mirandinha, vibra com Mirandinha, grita o nome de Mirandinha. Mirandinha se emociona e Mirandinha responde com gols". Assentia com a cabeça, perguntando se o repórter tinha mais perguntas e, diante da negativa, seguia para o vestiário. Insuportável (Nabokov. O Mirandinha era engraçado).

***

A primeira ideia que me veio à cabeça quando pensei em peças complementares às malas diretas foi a de utilizar suas versões de rua: veículos promocionais nada galantes, como placas ou cartazes. Saí, então, a pé pelas redondezas, atento à lógica e à viabilidade de possíveis formatos, suportes e quantidades. Tomei alguns sustos. Desatualizado, não notara que grande parte dos postes era agora de metal, com diâmetro bem inferior aos de concreto, que eu acreditava serem unanimidade. E isso exigiria cartazes muito pequenos. Por outro lado, as caixas de telefonia poderiam funcionar muito bem. Outra surpresa, um pouco mais indigesta, foi a de notar que, fingindo estarem totalmente misturados, cartazes oferecendo serviços concentravam-se mais em determinados cantos, enquanto cartazes "artísticos", que utilizavam a rua como "proposta", noutros. Claro, havia aqui ou ali pequenas zonas de transição, onde ambos se misturavam. Mas eram exceções. No geral, vigorava uma separação de conteúdo, ainda que informal e quase imperceptível ao olhar indiferente com o qual costumamos circular pelas ruas.

A trajetória do cartaz, aliás, sempre me pareceu bastante curiosa, desde os tempos em que Lutero e a Igreja Católica discutiam através de cartazes pelos muros de Wittenberg e região. Como é sabido, essa vocação de ficar parado, gritando no meio da rua, alcançou seu ápice na cidade industrial do século XIX, onde milhares de cartazes não permitiam um centímetro quadrado de respiro às fachadas ou muros e, espremidos, berravam todos ao mesmo tempo, tentando fisgar os transeuntes. Haviam se transformado nos vendedores de rua das cidades, que, tornadas metrópoles de supetão, já não se contentavam em utilizar apenas o modelo anterior de anunciante, o ser humano.

Aos poucos, contudo, o cartaz foi se empertigando e ganhou ares menos efêmeros. Contribuíram para isso os avanços técnicos nos processos de impressão, notadamente a popularização da cromolitografia, em fins do mesmo século, o que não apenas viabilizou um modo mais prático e aperfeiçoado de se imprimir em cores como também possibilitou que a mídia fosse apropriada por artistas da época, com o francês Toulouse-Lautrec encabeçando a lista. Esse processo de requalificação avançou pelo começo do século XX, de onde retiramos os melhores exemplos do exercício simultâneo de seus dois papéis — tanto voz das ruas quanto laboratório de exploração visual —, como o exaustivamente citado construtivismo russo. Mas o tempo passou, e esse equilíbrio, perdoem-me a franqueza, foi para o brejo. O cartaz hoje é peça das menos produzidas por um designer e, quando o é, sua exibição quase sempre se vê restrita a ambientes específicos.

O veículo, porém, já se afirmara como o queridinho dos designers gráficos, o favorito quando estes buscam executar algo que julgam "autoral" (desculpem-me o termo insuportável). Talvez porque sua superfície seja maior do que as costumeiramente ocupadas por um designer, talvez por uma nostalgia da importância do cartaz antigo, talvez pela semelhança com uma tela de pintura que desperta o artista dormente em cada um, talvez por outro motivo. Não sei e não arrisco palpite. Sei, no entanto, que sempre que designers se reúnem para bolar algo que "externe seu pensamento gráfico", o que sai? Mostra de cartazes. Mostra que, frequentemente, não será vista por quase ninguém. (O que nem sempre é algo a se lamentar. Há pouco, uma tradicional associação de designers realizou um congresso em São Paulo, e seus membros, dezenas de designers dos mais variados cantos do mundo, foram convidados a "externar seu pensamento gráfico" sobre o Brasil através da execução de cartazes. O resultado, salvo raríssimas exceções, despedaçou meu estômago.)

Foi dentro desse cenário que, há pouco mais de uma década, o cartaz lambe-lambe viu-se resgatado da obscuridade. Obscuridade em termos, importante sublinhar: pois enquanto galerias externavam pensamentos gráficos, o lambe-lambe reinava soberano nas ruas, por décadas a fio, anunciando atrações das mais variadas. O nome lambe-lambe vem da técnica utilizada para sua colagem, mas acabou se tornando identificador de um idioma visual bastante preciso: pôster tipográfico impresso em letterpress, geralmente misturando duas ou três cores em faixas horizontais não encaixadas às linhas de texto. Seu resgate o elevou ao patamar de baluarte da gráfica popular e, num processo similar ao vivido pelas xilogravuras do cordel nordestino, fez da escassez virtude: as evidentes limitações de variação na linguagem possibilitaram que uma gramática simples e clara fosse definida, estabelecendo uma sintaxe inconfundível. Basta aplicá-la a qualquer conteúdo que, automaticamente, este passará a dizer: sou popular, sou de rua, sou autêntico.

Esse novo status pode ser comprovado por algumas das definições que encontramos por aí. No site do Greenpeace, por exemplo, um lambe-lambe "é um cartaz com conteúdo artístico e/ou crítico colado em espaços públicos. É uma forma de intervenção criativa na sua cidade, com o poder de despertar as pessoas para reflexões que em geral não estão presentes no nosso dia a dia". Já no do Sesc, "pôster lambe-lambe, também chamado de pôster-bomber, é um pôster artístico de tamanho variado que é colado em espaços públicos. Podem ser pintados individualmente ou reproduzidos em série. Geralmente são colados com cola de polvilho ou de farinha devido ao custo reduzido. Os pôsters lambe-lambes fazem parte das novas linguagens da arte urbana contemporânea".

Nem é preciso ressaltar o potencial cômico de certos trechos (como *poster-bomber*) ou a completa falta de contextualização para constatar o quanto a coisa degringolou. E, infelizmente, o processo passou ainda mais do ponto. Hoje, muitos cartazes produzidos em impressora jato de tinta e vendidos como objeto de decoração se apresentam como cartazes lambe-lambe. Sou popular, sou de rua, sou autêntico? Não, só finjo. Na verdade, custo caro e sirvo para decorar apartamentos moderninhos na Vila Madalena.

Final melancólico à parte, imagino vir da transformação do cartaz lambe-lambe em uma linguagem passível de apropriação correta (correta conforme os moldes do famigerado curador inglês de arte africana) a origem dessa despropositada segmentação das ruas. Pois é como se o cartaz "artístico" e "autoral" utilizasse essa distância para avisar, preocupado com sua reputação: estou aqui na rua, disfarçado como cartaz de rua, mas não me confunda com um simples cartaz de rua.

***

Basta, contudo, de tanta conversa. Eis, enfim, os nobres objetivos de *Valfrido?*, obra impressa na Giv em dez folhetos e distribuída pelo sistema de Mala Direta Básica dos Correios: realizar algo e entregar para quase dez mil pessoas, sem nenhuma delas ter pedido. Não criar empatia. Não oferecer nada, a não ser um leve incômodo. Não ostentar requintes gráficos. Nem materiais refinados. Nem qualquer outro código já formalmente aceito como nobre ou admirável. Não conseguir saber o que acharam.

Em resumo, o digníssimo objetivo de não chegar a lugar nenhum. Consideremos, pois, *Valfrido?* como algo semelhante a nossas vidas: um exercício lúdico sem fins.

***

Queria só deixar uma dica para você, que faz parte de um grupo de leitura e busca assunto para o próximo encontro: é possível descobrir, aqui mesmo em *Valfrido?*, temas bem mais adequados do que "a vida é um exercício lúdico sem fins". E nem pense em repetir "este livro é para ler ou para ver?". Que tal, por exemplo, questionar se a gente escolhe quais ficções quer consumir ou apenas finge escolher? Outra opção: debater por que temos tanta necessidade de curadoria, venha esta de críticos especializados ou de algoritmos digitais.

São apenas dois exemplos de possíveis temas bacanas. Existem outros. Só, por favor, evite propor discutir se a vida é um exercício lúdico sem fins. O pessoal irá olhar torto, tachá-lo de baixo astral... Não é uma boa. Vai por mim.

***

No começo de setembro, passamos aos preparativos operacionais. O serviço oferecido pelos Correios descrevia o envio das malas diretas como tarefa das mais simples. Eles forneceriam o número de residências existentes em cada uma das ruas que selecionássemos, não exigiam muita antecedência para o recebimento dos folhetos e garantiam que cada um seria entregue na data que escolhêssemos. Tudo isso por um preço bem camarada, o que viabilizava uma tiragem de dez mil unidades por peça. Guardaríamos mil para algum uso futuro — uso que, hoje sabemos, é este livro aqui —, enquanto o restante seria distribuído por nove mil residências.

A delimitação da região foi feita com critérios precisos, mas não exatamente técnicos: um triângulo com minha casa num dos vértices, a de Thiago noutra e a de João e Cecilia na terceira, considerando que esse traçado também englobaria a casa de Samia. Por mais ridícula que pareça, a decisão tinha lá suas justificativas, pois não haveria outro jeito de monitorarmos o cumprimento das entregas a não ser pela nossa inclusão na lista de destinatários. Afinal, se era fundamental não viralizar, seria bastante estúpido de nossa parte sairmos por aí perguntando quem andava recebendo as histórias do Valfrido.

A área, porém, tinha outras virtudes, dado que abarcava tanto parte de Higienópolis, com sua gente diferenciada em camisetas da CBF, quanto da vizinhança hipster do momento, a barbuda Santa Cecília, resultando numa amostra com razoável variedade de paulistanos.

Na Mala Direta Básica, não era necessário incluir os dados completos do remetente, apenas uma chancela com nome e CPF (ou, para pessoas jurídicas, razão social e CNPJ). Como esta seria a única pista da origem de Valfrido disponível aos eventuais estraga-prazeres, impossível registrar em nome de Gustavo Piqueira, Casa Rex ou Lote 42. Fiz, então, uma checagem nas pessoas próximas e, uma vez "eleito", pedi a Claudio que assinasse como responsável pelos envios, já que seu nome completo, Claudio Camara, colecionava vários homônimos e ele não possuía perfil em nenhuma das principais redes sociais. Não havia a menor chance de problemas, reiterei. O material era inofensivo e, no fim das contas, ninguém iria entender nada mesmo.

***

Dia 22 de setembro de 2015, os arquivos digitais das duas primeiras malas diretas foram enviados à Giv. Dia 23, fomos informados que o pagamento fora aprovado e o pedido encaminhado com sucesso para a produção. Dia 29, elas foram entregues. No mesmo dia 29, apontando para um dos impressos com visíveis problemas tanto na resolução da imagem quanto no registro de cores, Samia esbravejava furiosa que nunca mais trabalharia com aquela gráfica. Três dias depois, levamos os pacotes à agência dos Correios e os entregamos à gerente, Janete. Agora, era só esperar pelo dia 8 de outubro, quando nove mil residências seriam surpreendidas por uma mala direta a gritar: *Valfrido, seu canalha!*

***

Foi uma espera ansiosa. Como eu conseguiria me manter em silêncio quando todos os meus vizinhos discutissem, intrigados, qual o mistério escondido por trás de Valfrido? Na véspera, dia 7, jantava imerso em devaneios dessa espécie quando recebi uma mensagem de Cecilia. Uma foto escura, retratando três pilhas de folhetos largadas no balcão do térreo de seu prédio. *Bazar Brechó Especial. Pizzaria Ki-Sabor.* E *Valfrido, seu canalha!*

— Gente, chegou a mala direta aqui. Mas na portaria. O porteiro não entregou.

Apesar do anticlímax, mantive a esperança e, na manhã seguinte, saltei para abrir a porta de casa. Nada. Desci ao térreo e, com uma desculpa qualquer, vasculhei a guarita do prédio. Nada. Chegando na Rex, corri para Samia. Nada. Thiago? Também não.

Dois dias se passaram sem nenhuma novidade, tornando o quadro desolador. Decidimos, então, pedir a Janete que nos explicasse a não prestação do serviço. Ela, porém, jurou que tudo havia transcorrido sem nenhum problema e o material fora entregue normalmente. Comprometeu-se a checar mais uma vez e nos retornar em breve. Talvez para aplacar nosso desânimo, terminou a ligação contando, empolgada, que Valfrido causara grande alvoroço entre os carteiros.

Na segunda-feira, após outra conversa com ela, João e Cecilia me escreveram:

— Um dos centros de distribuição confirmou ter feito a entrega nas ruas abaixo e garantiu à Janete que não houve devolução.

Rua Sabará 1 a 400 CEP 01239-011 = 40
Rua Aracaju 1 a 300 CEP 01240-030 = 141

Rua Bahia 1 a 200 CEP 01244-001 = 136
Rua Itambé 1 a 100 CEP 01239-001 = 2
Rua Veridiana 500 a 800 CEP 01238-010 = 1049
Av. Higienópolis – inteira CEP 01238-000 a 01238-001 = 1695
Rua Pernambuco – inteira CEP 01240-020 = 334
Questionamos essa informação, pois sabíamos de dois endereços nos quais a entrega não ocorrera (seu e da Samia). Segundo ela, os carteiros orientaram os porteiros a entregar para cada morador. Mas, ao mesmo tempo, ficamos imaginando o porteiro com "Valfrido, seu canalha" em mãos, um pouco receoso de repassá-lo aos moradores. Aqui no nosso prédio os flyers da pizzaria acabaram, mas os do Valfrido continuam lá, na mesa do porteiro.

***

Quando troquei a pré-escola pelo colégio onde estudaria por onze intermináveis anos, uma das primeiras tarefas que executei consistiu num exercício similar ao jogo de *Stop!*: nós, alunos, deveríamos listar animais, nomes, frutas, objetos ou lugares cujo nome começasse com determinada letra. Do alto de meus sete anos, fui solicitado a apontar um país com M. Escrevi *Mesopotâmia*.

Demonstração de um gosto precoce pela história das civilizações? Rasgo imberbe de genialidade? A tentação de escolher uma explicação lustrosa é grande, mas provavelmente devo apenas ter escutado a palavra *Mesopotâmia* em algum lugar e me encantado com a sonoridade. À época, contudo, recordo-me de imaginar que a professora ficaria profundamente impressionada com tanto conhecimento vindo daquele novo aluno. Eu seria, então, enaltecido publicamente e alçado a uma merecida posição de destaque na classe.

PIZZARIA
KI-SABOR
Qualidade e Tradição o que faz o nosso melhor sabor
Rua dos Italianos, 914 - São Paulo - SP
Todos os dias das 18hs às 2hs da manhã
BORDA RECHEADA: catupiry, cheddar, goiabada ou chocolate
Promoção 1
Mussarela
Calabresa
Catupiry
Milho c/ Catupiry
21,99
Promoção 2
Bauru
Marguerita
Napolitana
Milho c/ Mussarela
25,99
Delivery
3333.3376
3221.6124
3412.6045
CALZONE
Qualquer sabor de pizza
CLIENTE FIEL JUNTE 10 CUPONS + R$ 2,00 DA ENTREGA E TROQUE POR UMA PIZZA DA PROMOÇÃO 1
VISA
VISA ELECTRON
VISA Vale
MasterCard
REDE SHOP
DINERS CLUB
Sodexho
SMART VR

# PIZZAS

Todas as pizzas acompanham: Molho de tomate, azeitonas e orégano

**01 A BRASILEIRA**
Atum, camarão e mussarela
**02 ALHO E ÓLEO**
Alho, óleo e mussarela
**03 ALICHE**
Aliche com queijo ralado
**04 ATUM**
Atum e cebola
**06 BACON**
Mussarela e bacon
**07 BAIANA**
Calabresa moída, fatias de tomate com mussarela
**08 BATATA PALHA**
Batata palha e mussarela
**09 BAURU**
Presunto e mussarela
**10 BEIJA FLOR**
Presunto, lombinho, catupiry e rodelas de tomate
**13 BÚFALA**
Mussarela de búfala, manjericão e tomate seco
**14 CAIPIRA**
Frango, milho e catupiry
**15 CALABRESA**
Calabresa com cebola
**16 CALABRESA ESPECIAL**
Calabresa fatiada, catupiry ou mussarela
**17 CALAMUSSA**
Calabresa fatiada, mussarela e bacon
**21 CAMARÃO**
Camarão, mussarela ou catupiry
**22 CATUPIRY**
Catupiry
**23 CHAMPIGNON**
Champignon, catupiry ou mussarela
**25 CINCO QUEIJOS**
Provolone, parmesão, catupiry, mussarela e gorgonzola
**26 DUS ITALIANOS**
Mussarela de búfala, peperone, manjericão fresco, tomate e provolone
**27 DOIS QUEIJOS**
Catupiry e mussarela
**28 ESCAROLA**
Escarola, bacon coberta com mussarela
**29 FERRARI**
Mussarela, salame, champignon e molho rosê
**30 FRANCESA**
Presunto, ovos, champignon e mussarela
**31 FRANGO**
Frango desfiado com catupiry
**32 FRANGO COM CHEDDAR**
Frango desfiado c/ cheddar
**33 GORGONZOLA**
Gorgonzola e parmesão
**34 JARDINEIRA**
Provolone, catupiry e bacon
**35 KI-SABOR**
Palmito, brócolis e mussarela
**36 LIGIER**
Peito de peru, presunto e catupiry
**37 LIGHT ESPECIAL**
Peito de peru, mussarela de búfala, palmito e tomate
**38 LOMBINHO**
Lombo canadense e cebola
**39 LOMBO**
Lombo canadense e mussarela ou catupiry
**40 LOTUS**
Lombo, palmito, presunto e molho rosê
**41 MANGUEIRA**
Atum, provolone, mussarela e bacon
**42 MARGUERITA**
Mussarela, rodelas de tomate e manjericão fresco
**43 MC-LAREN**
Provolone, catupiry, lombo e bacon
**44 MILHO VERDE**
Milho verde, mussarela ou catupiry
**45 MODA DA CASA**
Lombo, bacon, cebola, presunto coberto com mussarela
**46 MODA DO CHEFE**
Calabresa, champignon e catupiry
**47 MODA DO CLIENTE**
4 ingredientes a escolha do cliente
**48 MUSSARELA**
Mussarela
**49 NAPOLITANA**
Mussarela, queijo parmesão ralado e rodelas de tomate
**50 PALMITO**
Palmito coberto com mussarela ou catupiry
**51 PAULISTA**
Camarão, cebola coberta com mussarela
**52 PEITO DE PERU**
Peito de peru e catupiry
**53 PEPERONE**
Mussarela e peperone
**54 PERUANA**
Atum, ervilha, ovos coberto com mussarela ou catupiry
**55 PORTELA**
Presunto, palmito, ovos e catupiry
**56 PORTUGUESA I**
Mussarela, presunto, ovos e cebola
**57 PORTUGUESA ESPECIAL**
Mussarela, presunto, ovos, ervilha, palmito e cebola
**58 PROVOLONE**
Provolone
**59 QUATRO QUEIJOS**
Provolone, catupiry, mussarela e parmesão
**60 ROMÃ**
Atum, mussarela e provolone
**61 ROMANA**
Mussarela, aliche e rodelas de tomate
**62 ROMANESCA**
Presunto, champignon e catupiry
**63 ROSAS DE OURO**
Catupiry, mussarela, rodelas de tomate e atum
**64 RÚCULA**
Rúcula, mussarela de búfala e tomate seco
**65 SALGUEIRO**
Presunto, lombo, mussarela, bacon, escarola e alho
**68 SICILIANA**
Mussarela, bacon, champignon e queijo ralado
**69 TOSCANA**
Calabresa moída e pimentão
**70 TOSCANA ESPECIAL**
Calabresa fatiada, mussarela e pimentão
**71 TOMATE SECO**
Tomate seco, catupiry e parmesão
**72 TRÊS QUEIJOS**
Mussarela, parmesão e catupiry
**73 TROPICAL**
Palmito, presunto e ovos
**75 VAI VAI**
Frango, ervilha e catupiry
**76 VEGETARIANA**
Escarola, palmito, cebola, ervilha e fatias de tomate
**77 WILLIANS**
Calabresa, lombinho, mussarela e bacon

## PIZZAS DOCES

**80 BANANA COM CATUPIRY**
Banana com catupiry e canela
**81 BRIGADEIRO**
Chocolate ao leite e granulado
**18 CALIFÓRNIA**
Presunto, mussarela e abacaxi
**82 CHOCOLATE**
Chocolate com cerejas
**83 CHOCOMUSSA**
Chocolate com mussarela
**84 CHOCOLATE MIX**
Banana e chocolate ao leite
**85 PRESTIGIO**
Chocolate ao leite e coco
**86 ROMEU E JULIETA**
Goiabada e mussarela

## NOVIDADES

**87 BRÓCOLIS**
Brócolis, mussarela e bacon
**88 BAIANINHA TRADICIONAL**
Calabresa apimentada, ovos e cebola
**89 CARNE SECA**
Carne seca, cebola, catupiry ou mussarela
**90 FILÉ MIGNON**
Filé mignon, mussarela, catupiry, bacon e alho frito
**91 PICANHA**
Picanha, mussarela e cebola

## BEIRUTES

**140 BEIRUTE AMERICANO**
Queijo, presunto, ovo, tomate, e maionese
**141 BEIRUTE CALABRESA**
Catupiry, calabresa,tomate e maionese
**142 BEIRUTE CARNE SECA**
Carne seca, catupiry, tomate e maionese
**145 BEIRUTE FILÉ MIGNON**
Mussarela,tomate e maionese
**146 BEIRUTE FRANGO**
Filé de frango desfiado, presunto, queijo tomate e maionese
**147 BEIRUTE PERU**
Peito de peru, queijo, presunto, tomate, ovo, maionese e catupiry

KI-SABOR

**Sobremesas - Cervejas - Refrigerantes**

Passei longe. Quando recebi a lição corrigida, nada de coroa de louros ao lado de minha *Mesopotâmia*. Apenas um grande ponto de interrogação.

Hoje, mais de três décadas depois, parece que nada aprendi, e sigo especialista em colher grandes pontos de interrogação.

> — Os flyers da pizzaria acabaram, mas os do Valfrido continuam lá, na mesa do porteiro.

***

O lote de folhetos, uma vez recebido pela agência, era dividido e repassado a dois diferentes CDDs — Centros de Distribuição Domiciliária. Cada CDD é responsável pela entrega da correspondência em determinada região da cidade. Por isso, no dia seguinte, Janete nos encaminhou também a resposta que recebera do outro centro de distribuição.

> — Janete, boa tarde!
>
> Informamos que os referidos panfletos foram entregues nas portarias, sendo os porteiros orientados para que os mesmos fossem entregues aos respectivos moradores e empresas. Quanto à entrega do lado direito da Angélica, os mesmos foram entregues normalmente, conforme solicitação do cliente.

Ou seja: para os Correios, tudo tinha funcionado às mil maravilhas. Do nosso lado, tentávamos camuflar a decepção. Encobrir a sensação de que, exceção feita ao encalhe no prédio de Cecilia e João, as nove mil malas diretas haviam evaporado sem deixar marcas. O exercício de autoengano era facilitado pela impossibilidade de rastrearmos o paradeiro das demais. Quem sabe o fato de não termos recebido não passara de uma infeliz coincidência, de um golpe de azar? Quem garantia que, naquele exato instante, os outros oito mil novecentos e tantos destinatários não seguravam suas respectivas cópias de *Valfrido, seu canalha!*? Até mesmo o pior cenário, de extravio completo, não era o fim do mundo. Confiávamos que a segunda mala direta, programada para chegar dali a dois dias, teria mais êxito. E era a partir dela que a narrativa ganhava corpo. *Valfrido, seu canalha!* não passava de uma introdução, perdê-la não causaria o menor dano à compreensão do todo.

Mesmo munidos de tão vasto leque de ilusões, achamos prudente telefonar diretamente para os dois CDDs, cujos números e contatos nos foram fornecidos por Janete.

— CDD Vergueiro, boa tarde.

O Vieira, por favor.

— Quem?

Vieira.

— O Vieira não trabalha aqui.

Não?

— Não.

Aí não é o CDD Vergueiro?

— Sim.

Passaram pra gente o contato do Vieira.

— O Vieira não trabalha aqui.

Trabalha onde?

— Com qual Vieira querem falar?

Responsável por malas diretas.

— Malas diretas?

Sim.

— Vieira, malas diretas... Tem certeza de que os senhores ligaram para o lugar certo?

Repetimos o número e, ao notar ser o correto, nosso interlocutor se manteve em silêncio por alguns segundos.

— Vieira... Tem o Clóvis. Vou passar para o Clóvis.

Clóvis?

— Roberto.

Roberto? Clóvis ou Roberto?

— Não. Clóvis Roberto. Vou passar para o Clóvis Roberto.

Como julgo o trecho acima bastante ilustrativo, pouparei a todos da transcrição completa do resto de nosso calvário telefônico. Em resumo, descobrimos (via Clóvis Roberto) que Janete nos encaminhara para o CDD errado, CDD Vergueiro, quando as entregas do Valfrido se dividiam entre CDD Estádio e CDD Santa Cecília.

Agendamos uma visita presencial a ambos na manhã seguinte.

***

Em galpões cuja última demão de tinta datava, na melhor das hipóteses, de 1975, lá estavam todas as malas diretas do capítulo dois. Pilhas e pilhas de *Casar com você foi a pior coisa que me aconteceu, Valfrido!* repartidas em dezenas de caixotes de plástico amarelo e amarradas por cordões. Prontas para, finalmente, inundarem a vizinhança.

Mas se a visão gerava um otimismo momentâneo, este logo foi desfeito pelas conversas que tivemos. Pois tanto num quanto noutro CDD, o diagnóstico era unânime:

> — Dependendo do porteiro, ele trabalha com alguns clientes da região. Quando chega alguém da concorrência ele barra.

O tipo de mala direta que havíamos escolhido, a Mala Direta Básica, não trazia destinatário. Os Correios tinham a informação de que determinado prédio possuía vinte apartamentos, o carteiro separava vinte unidades da mala direta e as entregava na portaria. O porteiro era, então, responsável por distribuí-las entre os escaninhos de cada morador. Ou, agora sabíamos, em se tratando de "alguém da concorrência", "barrar" o maço de folhetos. Noutras palavras, determinada pizzaria mandava presentinhos (propinas, se preferir) aos porteiros para que, sempre que as outras pizzarias da região entregassem seus folhetos, estes fossem imediatamente encaminhados à lixeira, sem escalas.

A fim de conferir se a justificava não passava de uma desculpa esfarrapada para eximir os Correios da culpa pelo fracasso de Valfrido, chegamos a conversar com alguns dos carteiros responsáveis pela entrega em nossos respectivos endereços. Quando interpelado, o carteiro do meu prédio não titubeou:

> — Entreguei! Para o Jadeílton! O Jadeílton recebeu, não falou nada, não reclamou. Recebeu.

Minha raiva, então, se dividiu: metade foi alocada no Jadeílton, que me cumprimentaria à noite com sua risadinha rechonchuda após ter jogado meu trabalho no lixo sem dó nem piedade, enquanto os cinquenta por cento restantes dirigiram-se aos Correios, que nos venderam, também sorridentes, um serviço que eles mesmos sabiam ser ineficiente.

— É, em apartamento não funciona mesmo. Quando a região tem mais casas, funciona. Mas em apartamento o porteiro barra.

Não deu outra. Dessa vez, nem mesmo a portaria do prédio de Cecilia e João viu o menor sinal de *Casar com você foi a pior coisa que me aconteceu, Valfrido!*

***

Já não havia técnica de autoengano que colasse. Ou mudávamos algo no sistema de entrega ou toda semana nove mil folhetos seriam automaticamente descartados por porteiros não amaciados.

Entrar no jogo foi a primeira opção. Se os porteiros queriam "agrado", receberiam "agrado". Substituiríamos o suborno em pizzas, muito banal, por cardápios mais originais. Esfihas! Esfihas com cheddar! Esfihas doces! Esfihas doces com cheddar! Um rápido cálculo, porém, demonstrou que o custo total seria inviável e saltamos para opções mais modestas: bombons. Sonho de Valsa, Serenata de Amor, Alpino. Aqui a conta fecharia. Mas, por outro lado, talvez um bombonzinho Alpino não saciasse o apetite de porteiros menos comedidos e Valfrido continuaria indo para o lixo.

Diante de tais dificuldades, terminamos por abandonar os agrados alimentícios e, após breve avanço em direção aos filmes B de ação, com ideias que envolviam chips piratas de celular e balaclavas, concluímos que o melhor mesmo seria uma solução menos frenética: inserirmos os folhetos em envelopes etiquetados com o nome e endereço de cada destinatário. Assim, enviaríamos correspondências privadas, dirigidas a pessoas específicas. Nenhum porteiro teria autorização para verificar seu conteúdo, muito menos para jogá-las fora.

Compramos um mailing para obter os dados completos das nove mil residências e, mesmo um pouco assustado por perceber a enorme facilidade com que qualquer um conseguia acessar meu endereço completo, telefone e CPF (afinal, eu também constava do mailing recém-adquirido), senti a empolgação ressurgir. Ainda mais quando Janete garantiu que o preço de envio das novas malas diretas seria o mesmo das anteriores.

Reimprimimos, então, os dois primeiros folhetos. Quase um mês fora perdido nesse rolo todo e, como o fim do ano se aproximava, a periodicidade semanal precisou ser revista e bem espremida. Apesar disso, tudo parecia bem encaminhado.

Até que, na véspera de enviarmos a segunda tiragem de *Valfrido, seu canalha!*, Janete avisou que se enganara e o preço da mala direta endereçada era um pouco maior do que a básica. O "pouco maior" de Janete, contudo, nada tinha de pouco: os custos quadruplicavam. O que, em termos práticos, significava que não havia dinheiro suficiente.

Após executar uma breve sessão de autoflagelação, batendo minha cabeça contra a parede, montei o plano que, àquela altura, já não era mais nem o plano B, C ou D: uma complicadíssima divisão de tarefas, com parte dos folhetos enviadas pelo correio, outra parte entregue de porta em porta por Claudio e Reinaldo da Casa Rex, assim como outro punhado por João e Mayara da Lote 42, além de outras cinco pessoas na Rex para etiquetar, colocar os folhetos nos envelopes e separá-los por ruas. Tudo isso entrelaçado num cronograma no qual, enquanto os Correios recebiam sua cota do folheto três, o folheto cinco era etiquetado, o quatro entregue na Lote 42 e o oito impresso na Giv. O caos, em resumo.

E era mesmo um tanto desesperador andar pela Rex com a impressão de que havíamos nos transformado num

CDD. Mas pelo menos funcionou. Dia 2 de novembro, no hall do elevador, Samia viu pela fresta da porta que seu vizinho, o Maestro, recebera *Valfrido, seu canalha!* No dia seguinte, João e Cecilia também ganhavam o seu.

Quanto a mim, nada além do cada vez mais irritante sorrisinho de Jadeílton.

***

(É por causa dessa reviravolta no sistema de envio que, do conjunto de originais encartados ao final deste livro, apenas os cinco primeiros folhetos exibem a chancela dos Correios. As peças seguintes foram impressas após a mudança, quando todas as informações relativas a remetentes e destinatários passaram a ser aplicadas num envelope externo, item até então inexistente.)

***

Passados alguns dias, João entrou no elevador de seu prédio e encontrou uma moradora, já idosa. Ela o cumprimentou e explicou que estava indo visitar uma amiga, também do condomínio...

> — ...para conversamos sobre estas coisas aqui, que estão mexendo com a gente.

E exibiu sua cópia de *Casar com você foi a pior coisa que me aconteceu, Valfrido!*

Foi uma das únicas reações ocorridas conforme o roteiro inicial, baseado na completa discrição das pouquíssimas (sete) pessoas cientes do projeto até então. No plano original, os retornos que colheríamos surgiriam apenas dessa forma, pontuais e esparsos. Comentários isolados, vindos de algum

vizinho no elevador aqui, de um amigo morador das redondezas ali. Nada além disso.

Agora, tudo mudara de figura. O mutirão Casa Rex e Lote 42, surgido por força das circunstâncias, fazia com que muito mais gente participasse da operação. Verdade que boa parte sem entender nada (como culpá-los?). Todos, porém, atentos a qualquer menção externa ao nome Valfrido. Numa manhã, por exemplo, Samia veio me contar que Alex e Rodrigo, dois designers, chegaram elétricos, pois, num grupo de Facebook do qual faziam parte, chamado *Orkutão dos Leleleks* (ou algo parecido, mas tão ruim quanto), haviam topado com o seguinte tópico:

> — Amgs, trago-lhes esse mistério.
> Recebi isso pelo Correio hoje, por mala direta, sem remetente ou qualquer dica de onde veio.
> Imaginei que poderia ser algo de alguma marca, já que o papel é como folha de revista e Valfrido é um nome pouco comum (que seria escolhido para a pessoa não levar como pessoal). Pesquisei, então, mas não encontrei nenhum resultado com esse texto.
> Será que Valfrido realmente é real e mandaram para a pessoa errada? Como proceder? E essa gravura? O que está acontecendo?

Pouco mais de setenta comentários seguiam-se à imagem, frente e verso, de *Casar com você foi a pior coisa que me aconteceu, Valfrido!* e percorriam o vasto leque de opções disponíveis, começando pela mais óbvia.

> — Marketing confuso.

> — É uma ação publicitária para divulgar uma peça de teatro, a julgar pelo tom do texto.

— Isso não é campanha contra violência doméstica não?

Havia quem considerasse uma ameaça entregue no endereço errado.

— Minha teoria é: mandaram por engano, durma tranquilo.

Quem também recebera uma cópia.

— Eu também recebi uma parada dessas!

Assim como aqueles que sempre se atrapalham um pouco na hora de elaborar um pensamento mais complexo.

— Deve ser arte. Só não entendi se essa cabeça flutuante é alguma alusão ao Valfrido ou à tal representação do homem que ele "é".

Os que viram mais filmes ruins do que o recomendável.

— Logo pensei em anthrax.

E os geeks (havia escrito "nerds", mas o revisor mandou trocar), que enxergam tudo como um seriado estilo *Lost*, no qual, por não entenderem porra nenhuma, concluem estar diante de um grande enigma a ser decifrado, num comentário que traz Barthes de volta a estas páginas: "Erro inveterado: o detalhe, a forma breve, tem de ser metafórico. É preciso sempre dar um significado às formas. Espécie de pulsão ocidental a hipertrofiar o detalhe".

— Vou analisar melhor a imagem. A cabeça está mais longe. Talvez isso indique a posição do texto na narrativa completa?

Também participavam da conversa aqueles que, mesmo sem muito a dizer, gostam de registrar sua presença.

— Eita.

Os que fazem um autor sorrir.

— Mano, que demais.

— Não sei quem é Valfrido, mas que esse texto valeu a pena, ohh se valeu.

Ou chorar.

— Não sei quem é Valfrido, mas espero que ele se foda.

Além da grande praga contemporânea, o rabugento de redes sociais.

— Arte é uma merda

De fato é, meu amigo.

***

Acompanhei o post por mais alguns dias, já fantasiando um desenrolar trepidante à medida que os demais impressos fossem chegando. Mas a discussão não avançou, para minha frustração. Pois, mesmo numa série de malas diretas um tanto absurdas e que tinham como princípio estrutural fugir da empatia, a gente sempre acredita ter feito algo bacana. Algo que, de algum modo, tocará as pessoas. Talvez não nas mais recônditas profundezas da alma ou nas válvulas do coração, vá lá. Mas a gente espera ressonância, alguma ressonância. Afinal, sem essa crença nada sairia da gaveta. Se saiu, se foi dito, foi porque se acredita que valha a pena ser ouvido. Quando queremos falar sozinhos, ficamos em silêncio. É para o outro que abrimos a boca, não há explicação alternativa. Pode-se, claro, tentar disfarçar, fingir desdém. Dar de ombros e resmungar não-estou-nem-aí-pra-ninguém. Não apenas pega bem, como é praxe. Mas não adianta: sempre que a gente — eu — mostra algo, é porque crê tratar-se de uma coisa bacana e que merece ser ouvida pelo outro.

***

Mudando de paisagem (mas não de assunto), salto para Tracunhaém, interior de Pernambuco. Mais especificamente, para nossa última parada na visita aos ateliês da cidade.

Atravessamos a estreita portinha e, sem interromper seu trabalho, o homem que nos recebeu manteve o ar grave e disse chamar-se Geltro. Em seguida, frisou que não era como os outros artesãos da cidade, pois desenvolvia uma linha mais artística. Surrealista, especificou. Observávamos o enorme pé, uns sessenta centímetros de barro molhado sobre o qual ele deslizava as mãos para moldar a forma final e, mais por polidez mecânica do que por identificar na peça os traços surrealistas dos quais Geltro tanto parecia se orgulhar, assentíamos com a cabeça. Ele puxou, então, o saco plástico escuro que cobria outro volume sobre sua bancada de madeira, revelando uma cabeça, também de grandes proporções. Eram parte da mesma obra, explicou. O pé e a cabeça. Uma imponente figura humana, com mais de três metros de altura. E, modulando a voz para anunciar o clímax da descrição, o surrealista Geltro arrematou: pé e cabeça seriam invertidos no conjunto final. Ainda no piloto automático da boa educação, arregalamos nossos olhos: invertidos? Ele carregou na feição de artista atormentado e confirmou: invertidos. O pé no lugar da cabeça, a cabeça no lugar do pé.

Era uma encomenda, esclareceu, enquanto vasculhava sua pasta atrás do rascunho da obra completa. Para ser colocada na entrada de uma loja. Após algum tempo, nos estendeu a folha de papel. Foi quando percebemos que a coisa ficava ainda pior. As duas mãos — ambas previstas para serem aplicadas em seus lugares não surrealistas de sempre, ao fim de braços que nasciam dos ombros — segurariam um logotipo. Um círculo amarelo e azul contendo o desenho de duas pegadas. Geltro explicou que era a marca da empresa que o contratara, nos exibindo seu cartão de visitas. *Ortho Pauher*. (O nome é esse mesmo, pode procurar.) Eu, Fernanda e nosso amigo Celso nem precisávamos nos entreolhar para saber que compartilhávamos um momento histórico. O nascimento da escultura mais feia do mundo.

Mas seguimos balançando, sérios, nossas cabeças, o que foi lido por Geltro como sinal de interesse. Ele sacou, então, um grosso álbum de fotografias para que conhecêssemos outras de suas esculturas. Nele, cada imagem trazia uma peça do Surrealismo Geltriano (pé com seio, mão com cabeça, pé com mão, seio com cabeça...) posta meio de lado, para que a câmera pudesse focar no que realmente importava: o próprio Geltro. Em algumas fotos metido num elegante paletó, noutras mais à vontade em camisetas regata, mas sempre sério, arriscando um olhar galante e matador. Muitas vezes, tamanho era seu protagonismo na cena que a própria obra ficava parcialmente encoberta ou fora de quadro. Concluí que deveria ser algum tipo de certificado de autoria. Eu sou o artista. Fui eu que fiz isso. Eu! Era cômico. Mas, ao perceber que não diferia muito do *Gustavo Piqueira* impresso na capa deste livro, um pouco triste também.

Foi o que senti ao deixarmos a garagem escura de Geltro. Após algumas boas gargalhadas, logo me lembrei, com certo pesar, de que a gente — Geltro, eu — sempre mostra algo porque crê tratar-se de uma coisa bacana e que merece ser ouvida pelo outro.

***

Com a mala direta número três, a primeira narrada por Dime, começavam também a surgir as peças de rua. As inaugurais foram os cartazes da Valdime Transporte, aqueles que, só após terminar de tê-los espalhado pelo bairro, Dime notou que não traziam número de telefone nem nenhum outro meio de contato com a empresa de carreto.

Foi também o momento em que Claudio e Reinaldo, responsáveis pela entrega em quase metade dos endereços, passaram a ser reconhecidos na área como *o pessoal do Valfrido* e, com isso, a colher comentários dos mais diversos à medida que deixavam as pilhas de envelopes na portaria de cada edifício.

> — A moradora quer saber quem está xingando quem.
>
> — É algum protesto, né?
>
> — Que brincadeira de mau gosto. Falar mal de alguém sem cabeça.
>
> — Ih, lá vem aquelas esquisitices.
>
> — Isso é político já lançando o nome para quando começar a campanha o pessoal lembrar.

Alguns se mostravam empolgados.

> — Me dá aí que eu quero ver o que vai acontecer com a mulher!

Outros, pelo contrário.

— A gente não vai receber isso não, porque eu já recebi um monte e joguei tudo fora.

Um tentou simular descaso.

— De novo esse Valfrido?

Mas, ante a ameaça de não receber o novo "capítulo", logo reconsiderou.

— Não! Não! Não vá embora! Deixa aqui!

E, por mais que Valfrido fosse um nome incomum, descobrimos a existência de ao menos um homônimo nas redondezas.

— O síndico pensou que fosse o ex-síndico que mandou. Que estava xingando ele.

***

No sábado seguinte à entrega do quarto folheto, aquele em que o próprio Valfrido se defendia das malas diretas anteriores acusando a dupla Dime e Lucielle de amantes mancomunados, quatro homens-placa ocuparam cada uma das esquinas do cruzamento mais movimentado da região, o das avenidas Angélica e Higienópolis. De tudo o que fora planejado para *Valfrido?*, imaginei que essa brincadeira com o tradicional suporte da publicidade imobiliária se constituiria na única peça realmente inédita do conjunto, ilusão desfeita pouco mais de uma semana após o envio da última mala direta, quando vi ideia similar num livro de Guto Lacaz que me foi presenteado pelo próprio. De qualquer modo, originais ou não, ninguém prestou atenção às setas indicando que todos os caminhos levavam a Valfrido.

Depois, soubemos que um ou outro gato pingado se aproximara, curioso.

> — O que é isso? Está chegando um monte de coisa na minha casa.

Mas foram raríssimas exceções. No geral, os pedestres aguardavam no vermelho e atravessavam no verde sem dar a mínima para as quatro pessoas que balançavam suas placas *Valfrido*. Ao examiná-las aqui neste livro, devidamente contextualizadas, tamanha apatia pode causar espanto. Porém, diluídas na paisagem urbana e sem nada que sublinhasse seu absurdo, foram vítimas da dormência que nos faz cada vez mais indiferentes a tudo que não venha já decodificado para consumo imediato.

Numa conversa posterior, aventamos a hipótese de que, se em vez das pessoas que habitualmente ganham seus trocados anunciando imóveis dessa forma tivéssemos escalado uns barbudos de camisa xadrez e coque para segurarem as placas, muito provavelmente os transeuntes da região teriam prestado mais atenção. (Caso você esteja lendo este texto após o período em que ele foi escrito, 2015/16, saiba que a combinação de vasta barba com coque era admirada nessa época como sinônimo de modernidade. Parece mentira, mas aconteceu.) Os lenhadores urbanos (o termo também existia, juro), ou qualquer outra equipe distinta da costumeira, funcionariam como um código para sinalizar que as placas *Valfrido* diferiam de um lançamento imobiliário. Deveriam, portanto, ser examinadas de outro modo. Tudo bem didático, bem explicadinho. Não me alongarei no lado mais terrível dessa conclusão, o enorme preconceito social e racial que ela revela, para retomar o tema anterior, também de difícil digestão: o quanto já não conseguimos mais nos locomover na falta de referências que nos indiquem por onde ir ou como reagir, que nos digam "olhe isto aqui deste jeito". Sem registro no GPS, nos perdemos. Não enxergamos, passamos reto. Cada vez mais rápidos no reflexo, cada vez mais lerdos na reflexão.

***

O Leitor Azedo discorda.

> — Também, o que você queria? Quatro pessoas, uma em cada esquina, exibindo o nome do Valfrido em placas que não chegam a lugar nenhum, e você estranha que ninguém tenha prestado atenção? Aliás, é esse o tipo de coisa que acredita valer a pena ser ouvida?

Está esperando que eu solte um *mea culpa*, L. A.? Concordo não ser exatamente um especialista na arte de me conectar com os outros, mas não lhe darei esse gostinho. Ao menos não desta vez. Mesmo porque a reação positiva à coroa de flores *Seu Antonio* ratifica a tese acima.

Pois quando, quatro dias depois das placas, depositamos um objeto imediatamente identificável, uma coroa de velório, ao pé de uma árvore na rua Aureliano Coutinho, ninguém se mostrou indiferente. Pelo contrário: houve até pequenos rebuliços ao redor. Animados com a repercussão, nos revezamos em visitas ao local para, disfarçadamente, colher alguns dos comentários daqueles que se detinham junto ao tronco onde Lucielle deixara sua denúncia contra Valfrido, além da homenagem ao finado Seu Antonio, conforme anunciara na mala direta número cinco, *Honra? Honra, Valfrido?*

Enquanto duas amigas fofocavam...

> — Esse Valfrido tá mal, hein?

A criança perguntava, um pouco assustada:

— Vó, o Valfrido morreu?

E o grupo de garotas adolescentes tirava uma série de selfies, para serem postadas seguidas por sabe-se lá qual hashtag.

A reação mais interessante, contudo, foi anônima: alguém pendurara, no barbante que havíamos amarrado em volta do tronco para segurar o cartaz, um exemplar de *Valfrido, seu canalha!*, a primeira mala direta. Com qual intenção? Auxiliar os demais na compreensão da narrativa? Reafirmar a culpa de Valfrido? Ou algum outro motivo? Nunca soubemos.

***

Teria sido mais prático pregar o cartaz na árvore, não amarrá-lo. Porém, mesmo sabendo ser impossível classificar *Valfrido?* como algo que chegava para embelezar São Paulo, não queria emporcalhar muito uma cidade já tão feia quanto esta. Também carregava dúvidas quanto à legalidade de se colar cartazes na rua. Por isso, às vésperas da divulgação da primeira peça externa, o cartaz com a Kombi-foguete da Valdime Transportes, pesquisei sobre o assunto e, no site de algum órgão oficial, descobri que, se fosse arte, a colagem era permitida. Contei a notícia a Fernanda, que, intrigada, devolveu:

— Mas o cartaz da Valdime Transportes é arte?

Isso eu não soube responder. Mesmo porque o site em questão não definia o que era arte ou não. Limitava-se a informar que, se fosse arte, um cartaz poderia ser colado nas ruas. Se não fosse, não poderia. Nenhum link adicional encaminhava para um serviço de "envie seu cartaz para a gente e descubra se ele é arte ou não", muito menos a versões mais incrementadas como "temos uma equipe de curadores 24h online que dirão se o que você criou é arte e, por apenas R$10 adicionais, poderão também encaixá-lo num movimento artístico e ceder cinco adjetivos adequados à sua obra para uso livre". Nada. Não consegui responder à Fernanda, portanto. Ainda não consigo, aliás.

E, apesar de minha descrição acima apresentar tal dilema como bastante estúpido, foi essa embaralhada de definições e conceitos que se transformou na maior riqueza de todo o projeto. Pois, de uma hora para outra, nós, os envolvidos, não conseguíamos mais enquadrar o que víamos dentro das categorias habituais. Como se vítimas de um tratamento experimental para a ampliação do olhar, tudo a nossa volta se transformara num conceito aberto, passível de ir além do que nos informava uma primeira visão. Muitas vezes, isso desaguava em resultados bem legais, como uma foto enviada por Cecilia de um cartaz com a parte de cima rasgada, restando apenas, na metade inferior, *NUNCA MAIS* em bold. Provavelmente o original dizia *BARATAS NUNCA MAIS*, *MULTAS NUNCA MAIS* ou *DÍVIDAS NUNCA MAIS*. Contudo, enxergando com nossas novas lentes, associávamos aquele *NUNCA MAIS* a enredos bem mais dramáticos.

Já outros casos eram claramente ridículos, como quando recebi uma carta que não passava da versão impressa do tradicional golpe digital no qual alguém se apresenta como detentor de uma enorme fortuna na África e, impossibilitado de sacar o dinheiro por conta própria, solicita os dados bancários do destinatário, prometendo uma polpuda recompensa. Mesmo com o texto exatamente igual às dezenas de e-mails similares que já me enviaram, examinei-o atentamente algumas vezes, para me certificar de que não estava deixando escapar algo bacana.

Assim, indo de um extremo a outro, operávamos durante aquelas semanas com a percepção alterada. Numa manhã, Thiago nos contou numa mensagem

— Tem um grupo de dez palhaços dançando e cantando frevo aqui na porta do meu prédio.

83 Market Street, Johannesburg,
Cell: +27 – 73 –

ATTORNEYS

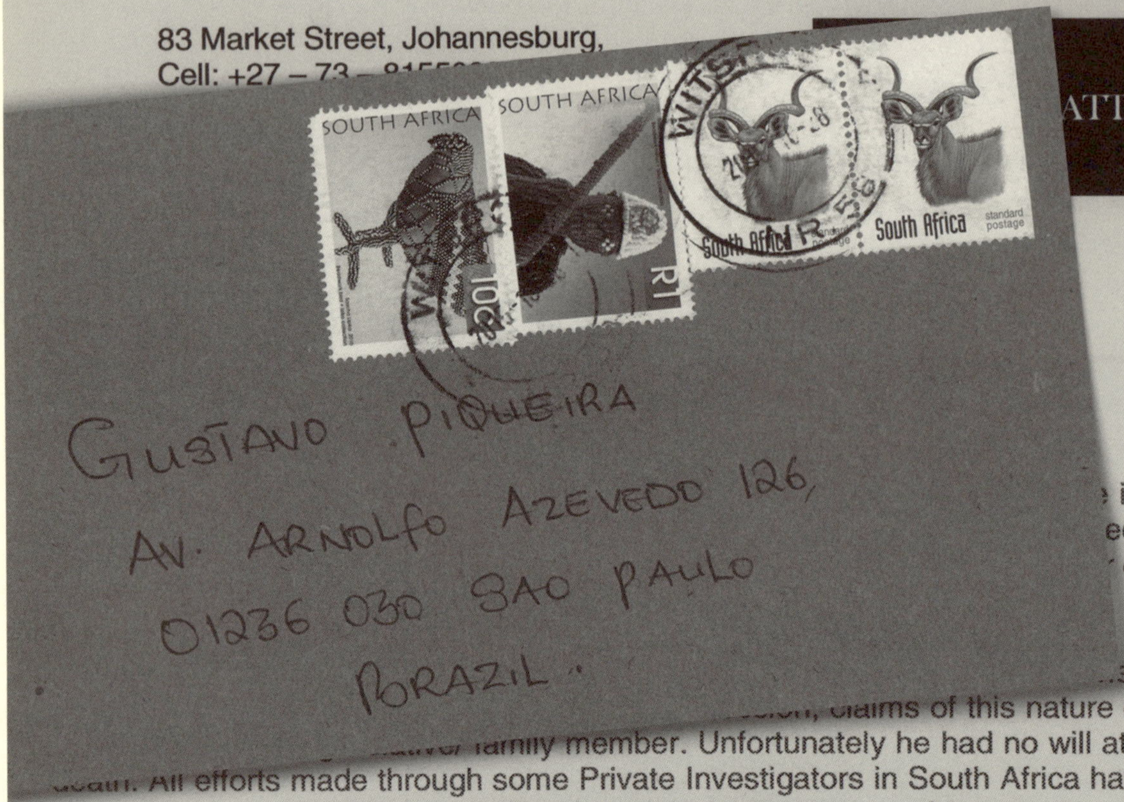


in corporate
ed in an auto
country and

ere in South
claims of this nature can only be
family member. Unfortunately he had no will at the time of
death. All efforts made through some Private Investigators in South Africa have revealed no link to any of his family member, but your name came up because you share same last name.

With the applicable law of succession there is a duration within which such claims must be applied for, and as a result I am under pressure to present the next of kin or a relative who will claim the funds, and failure to do this would legally allow the financial institution to report the funds to the South African Treasury as unclaimed funds(Lack of supersede). It is therefore my intention to introduce you as the next of kin/beneficiary, Please note that I'm legally equipped with all necessary information/documentations concerning the funds.

Upon your decision of acceptance, the release of these funds in your favor as beneficiary will be processed within two weeks. You would be entitled to 50% of this fund. If you are willing to work with me on this, please contact me via the above fax, email or phone number. In conclusion, it's my concern to demand your ultimate honesty, co-operation and confidentiality to enable us conclude this transaction. I assure you that this process would be executed under a legitimate arrangement that would legally protect you and I from any breach of any law. Please note; what drives my interest here is not greed rather it would make no sense to allow this huge amount of money to go to waste when we can take advantage of the situation, and honestly if we don't do this; it will still end up in private pockets of people in government.

Porém, logo percebendo que deveríamos todos estar imaginando a realização de um happening em estilo valfridiano na rua Doutor Vila Nova, executado por pessoas que ele chamava de "palhaços" apenas para desqualificar nossos concorrentes, logo completou, esclarecendo

> — Palhaços mesmo. Pessoas vestidas de palhaço. Nariz vermelho, sapato gigante.

***

Numa grande piada de mau gosto, mais ou menos nessa altura da narrativa, João e Cecilia receberam uma correspondência dos Correios que apresentava a potenciais clientes o incrível serviço de Malas Diretas. A chamada dizia: "Sua mensagem chega lá".

Nenhum complemento informava "desde que você suborne os porteiros".

***

À medida que os folhetos se sucediam, reações como as já transcritas se multiplicavam. Ocasionalmente, algum retorno mais curioso também pingava aqui e ali.

> — Gustavo,
> O Claudio acabou de receber uma ligação de uma sra. Regina – cel. 7818-6012. Ela quer saber do que se tratam as correspondências que ele está enviando. Disse que já foi no correio para saber, mas que não souberam informar, porque tudo é pago em dinheiro... Falou que vai passar as fotos das correspondências para ele ver. O Claudio disse a ela que não sabe do que se trata. Negou tudo.

Mala Direta
Domiciliária
DEMKT/VIPOS - AC
Correios
Com o Marketing
Direto dos Correios,
sua mensagem chega lá.
1041
Correios

Como contraponto à atormentada sra. Regina, uma vizinha de João, chamada Cecília (e que, por já haver outra Cecilia nesta história, será aqui referida como Cecília-Vizinha), interpelou-o na Banca Tatuí, perguntando sobre

> — essas cartas que vocês estão mandando para todo mundo.

Segundo ele, a abordagem foi corriqueira, sem detetivescos "ahá, descobri tudo!", mesmo inexistindo qualquer indício do envolvimento da Lote 42/Banca Tatuí no projeto. Porém, levando em conta as festas que a banca costuma promover na rua homônima, nada mais natural do que os moradores das redondezas atribuírem, automaticamente, qualquer outra bagunça um pouco fora da rotina a seus responsáveis. Cecília--Vizinha, portanto, não teve dúvidas sobre a origem daquelas malas diretas. (Eu iria aqui fazer um paralelo com o Estado Islâmico, comparando qualquer agito em Santa Cecília ser imediatamente associado à Banca Tatuí com a atribuição automática de qualquer atentado terrorista no Ocidente ao Estado Islâmico. Mas achei o cotejo de mau gosto e desisti.)

***

Concordo que o nome Cecília-Vizinha seja de doer. O que posso fazer? Não sei seu sobrenome, não a conheço para cunhar algum apelido e, como mencionei acima, outra pessoa chegou antes e ocupou a vaga reservada à "Cecilia" desta história.

Mas, assumo, ficou ruim. Tão ruim quanto o caso, ocorrido há uns vinte anos, do então jovem zagueiro Júnior, que, promovido à equipe principal do Palmeiras, onde já havia um Júnior, tornou-se "Júnior Segundo" por obra de alguém pouco inspirado como eu. Meses depois, porém, tiveram o bom senso de rebatizá-lo como Roque Júnior.

***

Se os seres que perseguiam Lucielle, exibidos na mala direta número oito e pendurados em cinco postes da região, não causaram o impacto que eu imaginara, o penúltimo folheto, em que Dona Elvira denunciava que tudo não passava de um trambique urdido pelo trio Valfrido, Dime e Lucielle, foi dos mais populares. Uma amiga de Thiago lhe escreveu, numa longa mensagem:

> — Conhece a história da Elvira? Nunca ouvi falar dela! A carta veio sem remetente e o conteúdo até parece real, mas faria mais sentido de tivesse sido escrito em Comic Sans e impresso numa folha de sulfite. Os desenhos são bem legais, parecem com as criaturas estranhas do Bosch. Acho que por isso fiquei intrigada. De qualquer forma achei legal (e bonito!) O curioso é que a galera rouba toda a grana dela e ela faz folders profissionais pra contar a história.

Enquanto, mais uma vez na Banca Tatuí, dois caras perguntavam a João...

> — ...se o pessoal do bairro estava recebendo um material bem curioso, porque a história se passa aqui na alameda Barros. A gente recebeu pelo correio, mas não fala o que é, nem por que a gente está recebendo. Também não tem nenhuma informação na internet. Se é propaganda, é uma propaganda inteligente.

***



E só.

***

Fim. Com a entrega da mala direta seguinte, a décima, no dia quatro de dezembro, a história se encerrava.

— Que bom que esclareceu tudo, né?

Foi a observação feita por Cecília-Vizinha, uma mistura de realidade e ficção a princípio esdrúxula, mas no fundo bastante apropriada para descrever o que havia acontecido.

E, mesmo com meu nome checado e rechecado antes de cada envelope ser entregue aqui em casa, tudo o que recebi no período foram as insuportáveis risadinhas rechonchudas do Jadeílton.

***

Hão de questionar o final abrupto. A coisa vai indo, crescendo, engatando para, de repente, *fim*? Seria bem melhor se o encerramento surgisse lógico, preparado e anunciado com antecedência. A câmera, então, lentamente abriria o quadro, subindo até fixar-se no horizonte. Seria de fato melhor, admito. Mas novamente pergunto: o que posso fazer? Finais são assim mesmo: de repente, *fim*.

***

Passo longe de ser um aficionado por automóveis. Porém, de tempos em tempos, o carro que possuo começa a encrencar e, antes que as visitas ao mecânico se intensifiquem, troco. Muitas vezes, por um modelo igual ao anterior, só que mais novo. Além de refletir meu baixo conhecimento e interesse pelo assunto, a falta de originalidade também encurta o processo e me ajuda a escapar dos pegajosos vendedores de concessionária. Infelizmente, no entanto, um mínimo de contato sempre se faz necessário. Por isso, lá estava eu, em frente a um carro exatamente igual ao meu, fingindo prestar atenção à enérgica demonstração executada pela vendedora Thallytta. Após algumas voltas ao redor do veículo, ela se sentou no banco do passageiro e sugeriu que eu também entrasse, para "experimentar a sensação de dar a partida". Comentei que talvez não fosse necessário, pois ele era idêntico ao que eu tinha. Logo, eu já "experimentara a sensação de dar a partida" mais de mil vezes. Ela insistiu, eu obedeci. E, para preencher a falta de assunto enquanto "experimentava a sensação de dar a partida", comecei a confirmar se o carro mantinha algumas das poucas funcionalidades que me importavam. Tem isto? Thallytta, meio sem graça, meneou a cabeça. Não tem. E aquilo? Também não. Estranhei. Afinal, era o mesmo modelo. Mais novo, ainda por cima. E, conforme o credo socioeconômico pelo qual nos ensinaram a rezar, tudo deve andar para a frente, não? Tudo é acúmulo, tudo é avanço. O mesmo modelo de um automóvel, portanto, tende a melhorar a cada ano que passa. Ou estou enganado? Thallytta desconversou, oferecendo uma versão superior do veículo que, esta sim, incluía os dois recursos por mim reclamados. Porém, ante meu espanto ao escutar o valor adicional a ser pago, percebeu que era hora de uma guinada na estratégia de venda. Saltou para fora do carro, colocou a mão no queixo e passou a encarar, circunspecta, a roda dianteira. Após alguns instantes, entendi a deixa, e postei-me a seu lado. Ela, então, filosofou:

> — Verdade que você perde uma coisinha ou outra... Mas pense no que você estará ganhando em esportividade!

Desculpe, não entendi. Ganhando no quê?

> — Em esportividade!

Esportividade?

— Olhe essa roda!

Esta aqui?

— Ééé! Olhe quanta esportividade!

Bem que tentei, mas só enxergava uma roda igual a todas as outras. Já Thallytta vibrava em êxtase.

— Olhe essa roda! Sou a, pai, xo, na, da por essa roda!!

Incapaz de decifrar os códigos visuais que tornavam aquela roda tão única ou de encontrar tradução minimamente compreensível para o termo "ganhar esportividade", eu continuava de pé ao lado de Thallytta, mas não entendia nada, absolutamente nada. Por isso, a certa altura desisti e me dei por vencido. Com um leve sorriso, sinalizei estar satisfeito com a vistoria para, assim, encerrarmos logo aquele martírio.

***

No intervalo de seis meses entre o fim dos envios e a redação deste texto, mostrei as peças de *Valfrido?* — malas diretas, cartazes e demais tralhas — numa palestra no Rio Grande do Sul. À medida que a apresentação avançava, as expressões que eu observava nos mais de cem rostos da plateia eram provavelmente muito semelhantes à que exibi diante da roda cheia de esportividade que tanto inflamava Thallytta.

***

Não importa.

Durante pouco mais de um mês, Valfrido, Lucielle e Dime andaram por aqui. Não tentaram vender algo nem viralizar nenhuma hashtag. Foram embora e não deixaram nada. Nenhum legado, nenhuma lembrança. No máximo, algum resto de Kombi-foguete colado por aí. Vieram e se foram. Assim como eu. Como você. Como V. Poderosa.

*************************

— Pô, não vem agrado nenhum desse cara? A pizzaria uma vez por mês manda pizza e esse Valfrido tá aí, divulgando a empresa dele, e nada!

**Gustavo Piqueira** é autor de outros 17 livros, todos marcados pelo livre vaivém entre texto, imagem e design. Em seu estúdio Casa Rex, já recebeu mais de 350 prêmios de design gráfico.

Para conhecer seus livros: **www.gustavopiqueira.com.br**

Para seus demais projetos de design: **www.casarex.com**

Este livro foi escrito no primeiro semestre de 2016. Duas semanas após seu término, Milo chegou.

Foi composto em mais famílias tipográficas do que recomendam os manuais do "bom design", impresso na Intergraf e suas sobrecapas rasgadas manualmente na Casa Rex.

*Valfrido?* é o livro nº 18 da Lote 42.

3667-0185

COMPR
OUR
JOIAS EM G

LAS
Cecilia

OURO
JOIAS EM GERAL
3224-8683
BPW

LIBERDADE

2 DE JANEIRO - 23
JAVA
OOTS DUB REGG
ELLOW P NOS CONTROLES
DUBVERSA

VALDIME
SPORTES

E